現実世界に現れたガチャに
給料全部つぎ込んだら
引くほど無双に

GENJITSU SEKAI GACHA MUSOU

1

ARATA

Illu めばる

カプセルデザイン：るうている

CONTENTS

GENJITSU SEKAI GACHA MUSOU

第一章

ガチャ出現編

第一話　はじまりのガチャ

「何だコレ⁉」

〝それ〟を見た瞬間、思わず口から出た言葉だ。

仕事終わりに、いつもとは違う道を通って帰ろうとしたら廃ビルの前の空き地に〝それ〟はポツンと置かれていた。

〈期間限定〉〈いまだけ〉〈レア以上確定〉〈お得な商品の数々〉〈開けてビックリ〉など、これでもか！　と言うほどの煽り文句が書かれた〝ガチャ〟だ。

〝ガチャ〟と言っても見た目は少し小さめの自販機のようで、コインでガチャガチャ回すタイプではない。お札の投入口だけがある。

近づいて、よく見ると………

一回、一万円

「高っ‼」

こんな怪しい自販機に一万も払うのは頭のおかしい人間だけだろう。絶対やる人間はいない！！！

そう思って立ち去ろうとした…………がっ！

HERO
開けてビックリ
お得な商品の数々!

ちょっと気になる………いやっ！　かなり気になる!!

これは怪しい物ほど、やってみたくなる人間の性《さが》なのか？　それとも、この自販機の煽り文句に心理的トリックがあるのか？？

今、サイフの中には一万二千円があるのでできてしまう。分かっている。お金をドブに捨てるようなものだ。こちとら二十八歳にもなってフリーター。コンビニと居酒屋で働いて、手取り十六万しか稼げていない。

そんな俺にとって一万円はデカイ………しかし………

意を決して一万円をガチャ自販機に入れてボタンを押す。カシャカシャ、カランと軽い音がしてカプセルが落ちてきた。

とりあえず出てきたことにホッとした。金だけ取られて何も出てこない可能性もあったためだ。

カプセルを手に取って開け、中身を取り出してみる。中にはビー玉のような玉と説明書と思われる小さい紙が入っていた。そこには、こう書かれていた。

【時空間操作】　ＳＳＲ
食べると時間と空間を操作することができるようになる。

「何だコレ!?　食べるの？」

ビー玉じゃなかったのか。アメのような物なのだろうか？

それにしても時間と空間が操作できるとか、ふざけている……昔、ソシャゲでガチャの課金をやったことはあったが、まさか現実のいいかげんなガチャに一万円使うことになるとは……。

何が出て来るか分からなかったけど、一万円でアメはないだろう。

苦情の電話を掛けようとも思ったが自販機には電話番号などは一切書かれていない。掛けたところで相手にされないだろうが……

俺は、アメを口に含み、あきらめの表情で自販機を見た。うすーい甘味はあるがハッキリ言ってマズイ。

もうこの自販機にかかわることはないだろうと思いながら、とぼとぼと帰路につく。

家に帰って食事の準備をした。ひとり暮らしなので何でも自分でしないといけない。

ビールを取り出しふたを開け、一口飲んで机に置き冷蔵庫からつまみを取り出し、振り返った瞬間、肘がビールの缶にあたって机から落としてしまった。

「あっ」

床にこぼれる。っと思った。その時だった。

ビールの缶が空中で止まっている。映像を一時停止したかのような状態だ。驚いて周りを見渡してみると時計の針も止まっているし、さっきつけたTVの画面も停止している。

数秒たった後、ビールの缶も時計の針も普通に動きだし、ビールも床にこぼれている。

「うそだろ……」

信じられない出来事に呆然としながら、俺は腕に鳥肌がたつのを感じた。

もう一度やってみようと時計の前に立ち、時間よ止まれと念じてみた。37、38、39、…………

40秒にはならなかった……時計の針は39秒の所で止まったまま動かない。

本当に時間が止まっている。


「あのガチャ、本物だったのか……」

◇◇◇

「時間と空間を操作できるんだよな？」

時間を止められることは分かったので空間操作について色々ためしてみた。目の前に手をかざしてイメージしてみると少しだけ空間に歪みが生じ、亀裂のような穴が開いた。

思いがけず、うまくいきそうだ。

「中に入れるかな？」

穴を広げるイメージをしてみると、体全部を中に入れることができた。

中は真っ白な、どこまでも続く空間だった。この空間の中では時間が止まっているようで、時計を中に持ち込んだがまったく動かなかった。

外は時間が動いているのに、中は時間が止まっているという奇妙な光景が広がっている。

入ってきた所とは別の場所から出られないかと思ってイメージしてみると、真っ白な空間に少しだけ亀裂が入り、外に出られるほどの穴が開いて家のトイレの前に出た。

「なるほど、時間が止まっている空間を経由して別の場所に出れば、瞬間移動したように見えるな。しかも、この時間の止まった空間自体ゲームや漫画に出てくるアイテム・ボックスとして使えるじゃないか⁉」

かなり便利な能力であることは間違いない。そう思って無駄に時間を止めたり、意味もなく空間経由で部屋を移動したりしていると……。

「なんか、しんどくなってきた」

急に体に疲労感が出てきた。どうやら無制限に使えるわけではないみたいだ。

とにかくすごい能力がガチャから出てきたことは事実だ。俺はすぐにコンビニに行きATMから全財産である二十四万をおろした。フリーターでこれだけ貯金していたなら、かなりがんばった方ではないだろうか。夜中だったがガチャがあった空き地に向かう。

「良かった、まだあるな」

なくなっていなくてホッとした。さっそく一万円をガチャ自販機に入れてボタンを押す。

カシャカシャ、コロン……カプセルが出てきた。中を開けてみると……

風魔法（Ⅰ）　R
風の刃を放つ。

「キターーー!!」

子供の頃に誰でも使ってみたいと思う〝魔法〟が出てきた。すぐ口の中に入れる。全部なめてなくなるのに少し時間がかかったが………。

「よし！　なめ切ったぞ!!」

俺は廃屋に向かって「風魔法！」と叫んでみたが特に何も起こらない。

色々ためしてみたが、やはり何も起こらない。なぜだろう？　風の刃が出て廃屋の壁に傷が入るイメージをしてたのに、ひょっとして俺には魔力的なものが無いのだろうか？

時間は止まったのに、魔法は出ない？　疑問はたくさんあったがとりあえず残りのお金でガチャを引くことにした。そして出てきたのが………

土魔法　（Ｉ）Ｒ
火魔法　（Ｉ）Ｒ
空間探知　（Ｉ）Ｒ×２
筋力増強　（Ｉ）Ｒ
千里眼　（Ｉ）ＳＲ
鑑定　（Ｉ）Ｒ
魔力強化　（Ｉ）ＳＲ

寒熱耐性（Ⅰ）R
物理耐性（Ⅰ）R
魔法耐性（Ⅰ）R×2

職業ボード・戦士　R
職業ボード・魔法使い　R
職業ボード・僧侶　R
職業ボード・モンク　SR
職業ボード・賢者　SR
職業ボード・狩人　R
職業ボード・弓使い　R×2
職業ボード・探索者　R
職業ボード・盗賊　R×2

なんだか、とんでもないものが色々出て来たぞ…………。

◇◇◇

家に帰ってガチャから出てきた物をじっくり検証することにした。

「〝鑑定〟っていうのがあるな……まずコレから使ってみよう」

アメを口に含んだ。

しばらくしてから、鏡を使って自分を見てみるとゲームに出てくるような文字の羅列が見える。

無職　Ｌｖ１

【固有スキル】
時空間操作
【魔法】
風魔法　（Ｉ）
【スキル】
鑑定　（Ｉ）

「本当に自分のステータスが見えた！」

〝鑑定〟は間違いなく機能している。だとしたら、なぜ魔法は使えないのだろうか？

まだ食べていない〝土魔法〟のアメを鑑定してみる。

土魔法　R
岩や土などを操って敵を攻撃する。
ただし、適性が必要。

一行目の説明はカプセルに入っている説明書にも書いてあるが、〝適性が必要〟は鑑定がないと見ることができないようだ。

ということは、俺は魔法の適性がないということか？　後々使えるようになるかもしれないから一応食べておくことにした。

それと、この（Ⅰ）はなんだろう？　能力のレベルのことだろうか？

「固有スキルには無いしなー……」

他の物も色々〝鑑定〟してみたが、自分やガチャから出てきたアメなどは〝鑑定〟できる。だが、それ以外の物は〝鑑定〟することができない。

「〝鑑定〟するには、何か特定の条件があるのかな？」

分からないことはたくさんあった。特に分からなかったのは、この〝職業ボード〟だ。

他のアメ玉とは違い、これだけは薄いカードのような形で、触れると、

〈職業を変えますか？　Y／N〉

とカード上に表示される。今現在は無職とステータスにあるが………

「一応フリーターとは言え、居酒屋とコンビニで働いているんだけど」

俺はYの文字をタッチしてみる。しかし何も起きない。

他のボードも調べてみるが、まったく使うことができなかった。SRの〝モンク〟と〝賢者〟に至ってはタッチしても〈Y／N〉の表示すら出ない。

つまり〝モンク〟と〝賢者〟を含め全ての職業ボードは現時点では使うことができないということなのか……これも何か条件があるのかな？

とりあえず俺は、職業ボード以外の全てのアメを食べることにした。変化したステータスが………

無職　Lv1

HP　72／72
MP　12／31
筋力　65　↓　68
防御　60　↓　63
魔防　57　↓　63
俊敏　62
器用　66

知力　71　→　75
幸運　63

【固有スキル】

　時空間操作

【魔法】
　風魔法　（Ⅰ）　土魔法　（Ⅰ）
　火魔法　（Ⅰ）

【スキル】
　鑑定　（Ⅰ）　空間探知　（Ⅱ）
　筋力増強　（Ⅰ）　千里眼　（Ⅰ）
　魔力強化　（Ⅰ）　寒熱耐性　（Ⅰ）
　物理耐性　（Ⅰ）　魔法耐性　（Ⅱ）

「やっぱり、二つ食べると（Ⅱ）になったな」

ステータス強化系のスキルは（Ⅰ）で五%ほど上昇していた。（Ⅱ）で一〇%上昇するのか……あくまで初期値に対して上がるだけで、上昇した数値に五%が掛かる訳じゃないみたいだな。

よく見ると、MPが減っている。おそらく〝時空間操作〟を使った影響だろう。

他にも〝鑑定〟で色々調べてみた。

その日は徹夜することになってしまう。

第二話　9～11月給料日

コンビニで深夜勤務をしていると、フルヘルメット姿の男性が店内に入って来た。店のルールでは、顔が見えない姿での入店は断っているので、明らかに異様だ。

男が店の奥の棚にあるビールを手にしてレジまで持って来る。ポケットから何かを取り出そうとした瞬間、俺は時間を止めた。

「おい！　大人しく金を出せ」

男がポケットから取り出した物をこちらに突き付ける。

「それ、何ですか？」

「見りゃ分かるだろう。ナイ……」

握っていたのは割り箸だった。持っていた男自身も訳が分からず、しばらく割り箸を見ながら棒立ちになっていた。

「あの……じゃあ、このビール一つお願いします……」

「はい、ありがとうございます」

男はすごすごと帰って行く。

俺は男から取り上げたバタフライナイフを眺めながら、凄く便利な能力を手にいれたんだと、改めて思った。

◇◇◇

月末の給料日。居酒屋とコンビニでアルバイトをして、合わせて十六万円稼いだ。二件とも給料日が同じなのはありがたい。住んでいる場所は田舎なので生活費は十万もあれば足りる。ということは六万はガチャにつぎ込めるということだ。

なるべく目立たないように夜中にガチャを引くことにした。ん、逆に目立つのか？

そんなことを考えながら空き地にあるガチャ自販機を回した。出てきたのが——

火魔法　（Ⅰ）Ｒ
千里眼　（Ⅰ）ＳＲ
筋力増強　（Ⅰ）Ｒ
成長加速　（Ⅰ）ＳＲ
魔法適性　（Ⅰ）Ｒ
職業ボード・武道家　Ｒ

「とうとうキターーーーーーーーーー！！！！」

〝魔法適性〟。これが無かったために今まで魔法が使えなかった。さっそく食べ、試しに廃屋の前に空き缶を置いて、それに向かって「風魔法！」と唱えてみた。

そんなに強い風ではなかったが、空き缶を跳ね上げることに成功する。はじめての魔法成功に少し感動していた。

使うことができない職業ボード以外の全てのアメを食べた。増えた能力は………。

【固有スキル】
　時空間操作
【魔法】
　風魔法　（Ⅰ）　土魔法　（Ⅰ）
　火魔法　（Ⅱ）
【スキル】
　鑑定　（Ⅰ）　空間探知　（Ⅱ）
　筋力増強　（Ⅱ）　千里眼　（Ⅱ）
　魔力強化　（Ⅰ）　寒熱耐性　（Ⅰ）
　物理耐性　（Ⅰ）　魔法耐性　（Ⅱ）
　魔法適性　（Ⅰ）　成長加速　（Ⅰ）

火魔法も（Ⅰ）から（Ⅱ）に上がった。それぞれで試し撃ちしてみたが（Ⅰ）よりも（Ⅱ）の方が威力が上がっているようだ。

〝成長加速〟もテンションの上がるスキル名だ。レベルが早く上がるみたいだが…………そもそもどうやってレベルが上がるのか、それが分からない。

魔物でも倒せばいいのか……でも、魔物自体がいないしな～、疑問を持てば次から次に出てくる。

前回のガチャの後もスキルについて色々調べてみた。

〝空間探知〟は一定範囲にいる動くもの、生きているものなどの位置を把握することができる。レベルによって範囲の大きさが変わるようだ。

〝千里眼〟は上空から鷹の目のように見下ろすスキルで、今はまだ近い所しか見られないがレベルが上がれば、より遠くまで見ることができるだろう。

そして俺は大きな決断をすることにした。〝転職〟だ。転職といっても職業ボードを使った戦士や魔法使いなどになることではない！

もっと稼ぎたいのでコンビニと居酒屋をやめ、別の仕事をしようと思う。

〝筋力増強〟で力が増したので建設現場や引っ越し業など、力仕事を行ってより稼ぐつもりだ。

この不思議なガチャが、いつ無くなるのか分からないので買えるだけ買っておきたいからな。

こんなことを言うと借金でもして買えばいいじゃないかと思う人がいるかもしれないが昔、借金で酷い目にあったのでなるべく借金はしたくない。

ガンガン稼いでガチャにつぎ込む…………ん？　ゲーム廃人の考え方か……？

◇◇◇

九月の終わりくらいから、引っ越し会社で働くようになった。筋肉増強で力がついたおかげで、なんとかやれている感じだ。とはいえ給料を貰えるのは十一月になるので、今月は居酒屋とコンビニで働いた分の給料だけになる。

約十六万円、生活費を除く六万でガチャを引く。出てきたのがこの六つ。

光魔法　（Ⅰ）Ｒ
召喚魔法　（Ⅰ）Ｒ
魔法適性　（Ⅰ）Ｒ
隠密　（Ⅰ）Ｒ
職業ボード・探索者　Ｒ
職業ボード・鍛冶職人　Ｒ

新しく〝光魔法〟と〝召喚魔法〟が出てきた。それと〝魔法適性〟だ、その三つを食べてみる。

魔法適性の効果は、各魔法……火や風などの扱いやすさに関係あるようだ。この〝適性〟が低いと魔法自体が使えないみたいだからなー。俺は元々適性が低いようだから、もっとこのスキルが欲しいところだ。

光魔法は、とにかく早い！　レーザーのように光の速さで攻撃するが、威力自体はそれほど強くない印象だ。

召喚魔法は、ヘルハウンドが一匹出てきて一定時間が経過すると消える。ヘルハウンドと言っても見た目は、かわいい小型犬くらいだ。ヘルハウンドといえば、黒くてデカい地獄の番犬を想像するけど全然違った。レベルが上がっていけば大型化していくんだろうか…………？

ただ、どちらも火魔法や風魔法に比べて扱いにくい感じがある。魔法適性がもっとあれば、また変わってくるかもしれないが……。

【スキル】の〝隠密〟は自分の気配を消す能力のようで、バタバタと足踏みをしても音が小さくなってる気がする。他人からすれば気配も薄く感じるんじゃないかな？　任意で気配を消したり、元に戻したりできるのでけっこう便利なスキルだと思う。

職業ボードは〝探索者〟と〝鍛冶職人〟か…………いつものように保留だな。

来月には、いよいよ引っ越し会社での給料が入る。今の倍はガチャが引けるだろう。楽しみだ。

◇◇◇◇◇◇◇

アメリカ・イエローストーン国立公園。

「最近魚が少なくなってきてないか？　前はもっと取れたんだがな……」

「お前の腕の問題じゃないのか？　ハッハッハ！　ホラ、俺の方は掛かってるぞ！」

アメリカでも有数の釣り場であるイエローストーン。レインボートラウト（ニジマス）などがよく取れることで知られる場所だ。

世界中の釣り場で同じような会話が多くされるようになる。

変化は静かに、しかし確実に起こっていた。

◇◇◇◇◇◇◇◇

ずっと待っていた給料日だ。手取りで二十四万、十四回ガチャが引けることになる。今回の目標は初回以来の〈SSR〉を引くことだ。

そろそろ出てもいい頃だと思うが………。

そういうことを考えながら、俺はいつもの空き地でガチャ自販機にお金を入れる。

六回目のガチャで出てきた物に手が止まった。

【無限魔力】　SSR
魔力を消費しても尽きることが無くなる。
無尽蔵の魔力が手に入る。

「キタッ！　キタ!!　キターー！　ついに来た!!　ＳＳＲだ！！！」

それも無限魔力！　これがあれば時空間操作も魔法も使いたい放題だ!!　今まで時空間操作は魔力消費が激しかったので、使い勝手が悪かった。

この無限魔力と時空間操作はかなり相性がいい能力だと思う。さっそく食べてみる。鑑定でステータスを見ると………

ＭＰ　∞／∞

数値の部分が無限大になっている。時間を止めてみるが、いつまでも止めることができた。

それ以外のガチャも全てやってみた。出てきたのが――

無限魔力　　　ＳＳＲ
雷魔法（Ⅰ）Ｒ
水魔法（Ⅰ）Ｒ
土魔法（Ⅰ）Ｒ
物理耐性（Ⅰ）Ｒ
空間探知（Ⅰ）Ｒ

筋力増強（Ⅰ）Ｒ
俊敏　　（Ⅰ）Ｒ×２
精密補正（Ⅰ）Ｒ
職業ボード・魔法戦士　ＳＲ
職業ボード・賢者　　　ＳＲ
職業ボード・魔物使い　Ｒ
職業ボード・鍛冶職人　Ｒ

新しく〝雷魔法〟、〝水魔法〟そして【スキル】では〝俊敏〟と〝精密補正〟が出てきた。

職業ボードには〝魔法戦士〟と〝魔物使い〟がある、魔物使いということはテイムがあるのか？

ただ大前提として魔物そのものがいない。

魔力が無限なので、魔法を好きなだけ試し撃ちしてみる。召喚魔法は一定時間が経《た》ったら消えてしまった。どうやら魔力量と出現時間は関係ないようだ。


この日は、魔法を使うのが楽しくて深夜まで魔法を使いまくってしまった。

第三話　12～2月給料日

十二月に入り、だいぶ寒くなってきた。仕事が休みの日は本屋なんかを巡って気にいった本があれば買うことにしている。

だけど、最近はガチャをやる金が無くなってしまうので本屋では面白そうな本がないか見て回るだけにして、本を買うのを我慢するようにしている。

そんな俺がよく行く本屋で、しょっちゅう見かけるのが認知症になっている爺さんだ。本が好きなのか毎日のように来ていて、悪気なく万引きしていく。

店員さんも慣れたもので、爺さんを呼び止めてお金の支払いを求めていた。家族が爺さんの体の何処かしらに、お金を入れているようで、そのお金で支払いをしているようだ。

それはいいんだが心配なのは爺さんが毎回、本屋の前の大通りを渡って来ることだ。結構、交通量の多い通りなだけに車に轢《ひ》かれないか気になってしまう。

今日もふらふらと横断歩道の無い場所から道を渡ろうとしている。俺は時間を止めて、爺さんの所まで行き、動かなくなった爺さんを抱えて道路をそのまま渡った。

時間が止まっているので車も全て動かず、安全に渡り切る。時間を動かすと爺さんはきょろきょろとしていたが、その後は何事も無かったかのように歩いていく。

〝無限魔力〟のおかげで時間をずっと止めることができるからな………疲れることもないし、これからも爺さんを見かけたら時間を止めて運んであげよう。

◇◇◇

年末になった。初めてガチャを引いてから三ヶ月以上たったが、未だに自分に不思議な力がついたことが信じられない。全てが夢だったと言われても、「ああ、そうか……」としか思わないだろう。

俺が住む地方には、そこそこの雪が降る……いつもの空き地が真っ白になっていて、四~五センチの雪が積もっている。

白い息を吐きながら十四回分のガチャを引いた。

闇魔法（Ⅰ）R
水魔法（Ⅰ）R
土魔法（Ⅰ）R
光魔法（Ⅰ）R
強化魔法（Ⅰ）R
威圧（Ⅰ）R
成長加速（Ⅰ）SR
魔法耐性（Ⅰ）R
俊敏（Ⅰ）R
精密補正（Ⅰ）R
魔力強化（Ⅰ）SR

演算加速（Ⅰ）　ＳＲ
職業ボード・魔法使い　Ｒ
職業ボード・僧侶　　　Ｒ

出てきたアイテムは以上の十四個……。

新しい魔法は〝闇魔法〟と〝強化魔法〟が出てきた。闇魔法は使ってみると目の前に闇が広がって、その中から無数の影が伸び、物体を中に引きずりこんだ。

引きずりこまれた物がどこにいったのかは分からない。

強化魔法は人や物の硬度を上げるようだ。強化魔法のレベルが上がればもっと他のこともできるかもしれないが……。

演算加速は、よく分からないな……頭の回転を上げるとのことだがステータスの知力が上がる訳ではない。知力は〝魔力強化〟で上昇する、そう考えるとステータスの知力は頭の良さと言うより魔力の強さを表すようだ。

演算加速は本当に頭の良さを上げるんだろうか？

〝威圧〟は何だ？　相手の能力値を下げる効果あるようだが……とりあえず全部食べてみる。

スキルも魔法もすごく増えてきた。この頃になると、このスキルを使って何か商売ができないか考えるようになる。

特に時空間操作は色々使えそうだ。

配達とかどうだろう？　今は輸送する大型トラックの運転手なんかが人手不足って言われてるしなー……。

時間の止まった無尽蔵の空間があるし、〝なまもの〟でも大量かつ一瞬で運べるけど、う～ん……。無理だな……俺に商才はまったくない。どうやって運んだと聞かれても答えられないしな～。

そんなことを考えながら、年の瀬が過ぎていくのだった。

◇◇◇

一月十六日、この日はハプニングがあった。引っ越し作業中に、作業員が階段から足を踏み外して落ちそうになったのだ。

幸いなのは、それが俺の目の前だったこと。時間を止めて作業員を地面スレスレの場所まで運んだ。落下してスピードが付いた後だと時間を止めて地面に置いても、落下時のエネルギーがそのままなので怪我をしてしまうかもしれないが、落下直後だったので、それほど影響なく作業員は地面に落ちて特に怪我もしなかった。

驚いて周りにいた作業員が集まってきたが問題はないだろう。

今まで仕事現場で時間を止める能力を使って、疲れたら休憩を取ったり瞬間移動を使って出勤したり、かなり便利な生活を送っていた。

だけど今回も含め、何度か人を助けるために能力を使ったことで、自分のためだけじゃなく人のためにも能力を使っていくべきじゃないかと考え始める。

もし誰かが俺の力を知れば、時間を止めることができるし悪いことをしてもバレないんだからヤレばいいじゃないかと思うかもしれない。だけど俺はそういうのが好きじゃない。

もし、あのガチャが神様が設置したものなら、悪いことをした時点でガチャが消えてしまうかもしれない。あんな不思議なガチャがあるんだから、神様がいても別に不思議ではないだろう。

そうは言っても具体的に何をするか考えてる訳じゃない。おいおい考えていこうと思う。

◇◇◇

一月三十一日、給料日だ。いつものように十四万を握りしめ、空き地のガチャに金をつぎ込むと意外な物が出てきた。

火魔法　（Ⅰ）R
風魔法　（Ⅰ）R
筋力増強　（Ⅰ）R
念話　（Ⅰ）R　×２
物理耐性　（Ⅰ）R

魔法耐性　（Ⅰ）　R
千里眼　（Ⅰ）　SR
鑑定　（Ⅰ）　R
空間探知　（Ⅰ）　R
職業ボード・勇者　SSR
職業ボード・武道家　R
職業ボード・聖戦士　SR
職業ボード・魔物使い　R

職業ボードにSSRが出た！　しかも勇者!!　テンションが上がってしまった。

さっそくボード（小さいカードなんだが、と思いながら）をタッチした……が案の定、何も起こらない。やっぱり今の時点では勇者にはなれないみたいだ。何かしらの条件があるんだろう。

〝勇者〟に気をとられていたが、〝念話〟ってなんだ？　鑑定で確認してみると人とテレパシーで会話したり、相手の考えを読み取ったりできるらしい。

まあまあ便利か。嘘が見破れるしな……。

ただ相手の考えがそのまま分かってしまうと傷つくことになるかもしれないからな。使うときは慎重にしよう。

◇◇◇

二月七日、家でテレビを見ていた時、火事のニュースが流れてきた。ビル火災というやつだ。

『消防隊が駆けつけて、消火活動をしていますが、まだ避難できていない人がいる模様です』

リポーターが現場の状況を伝えている。

「大変だなー……」

映像を見ながらそう言っていたが、ふと、自分なら助けられるんじゃないかと思った。人助けに能力を使いたいと考えていただけに、今がまさにその時ではないのか？　と考える。

このニュースはリアルタイムだ。この場所まで移動できないかと思い空間を開いた。

慣れてきたせいか、今では真っ白な空間を経由しなくても直接行きたい場所へ行くことができる。

現場まではかなり遠かったし行ったことのない場所だったけど、ニュースを見ていてイメージしやすかったのか問題なく現場に行くことができた。

人がたくさんいたので時間を止め、建物の中に入って行くと………。

中は、かなり熱かった。時間を止めても〝温度〟は変わらないようだ。寒熱耐性があるとはいえまだレベル（Ⅰ）だ。熱を感じなくすることはできないようだ。

建物を探し回っていると逃げ遅れて倒れている人を発見する。完全に意識を失っているようなので、おぶって運ぶことにした。

引っ越し作業で鍛えているせいか、あるいは筋力増強の効果か、けっこう体重があるおっちゃんだったが難無く運び出す。

ビルの入り口に助けたおっちゃんを置いて空間を開いて家に帰った。

『あっ！　逃げ遅れた人が自力で脱出してきた模様です。大丈夫でしょうか？　今、消防隊員が駆け付け救助しているようです』

リポーターが、おっちゃんの無事を伝えている。こういう人助けの仕方があるんだったら、これからも続けて行こうと思ってその日は床についた。


二月末日、給料日。毎月月末は楽しみだが、ガチャがちゃんとあるかいつも心配している。心配しすぎて、金もないのに、ちょくちょく空き地にガチャがあるか確認してしまうほどだ。

「いつかは無くなってしまうんだろうか？　期間限定ってあいまいだよな～」

そんなことを言いながら十四万でガチャを引いた。

土魔法　（Ｉ）Ｒ×２
闇魔法　（Ｉ）Ｒ
召喚魔法　（Ｉ）Ｒ
強化魔法　（Ｉ）Ｒ
敵意感知　（Ｉ）Ｒ
俊敏　（Ｉ）Ｒ

精密補正　（Ⅰ）　R
演算加速　（Ⅰ）　SR
魔力強化　（Ⅰ）　SR
威圧　　　（Ⅰ）　R
寒熱耐性　（Ⅰ）　R
隠密　　　（Ⅰ）　R
職業ボード・大魔導士　SR

んー、あんまり当たり感は無いな……新しいのは〝敵意感知〟。後は〝大魔導士〟か……例のごとく大魔導士は使うことはできない。

ここまでガチャをやって確信したことがある、このガチャは身体強化系の物しか入っていない。アイテムや武器、防具などは一切出てこないようだ。

どこかに武器や防具のガチャがあるのかもしれないが、金に余裕が無いのであってもどうにもならないな。

土魔法が（Ⅴ）になっていた。試しに使ってみると地面が盛り上がり、人間くらいの大きさの突起物がすごい速さで飛び出してきた。〝魔力強化〟の影響もあってかなりの威力になっている。

レベルが低い状態でも威力が出るということは、レベルが上がったらどうなるんだろうか？　真剣にレベルの上げかたを考え始めていた。

第四話　3～5月給料日

三月に入って俺はあることを真剣に考えていた………それは、もっとガチャが引きたいので切実に金が欲しいということだ。

今の俺には、普通の人には無い色々な能力がある。元々頭はいい方ではないが、〝演算加速〟という頭の回転を上げるスキルまである。実際、記憶力などは明らかに上がっていると感じるので弁護士や会計士といった難関試験も、今なら受かる気がする！

そんな俺が長時間、頭をひねって出した金を稼ぐ最も効率的な方法………………それは――

とにかくたくさんアルバイトをする！　だ。

………おかしい、〝演算加速〟があまり役に立ってない気がするが……。まあいい、とにかく求人雑誌で即、金になるバイトを探す。

仕分け、品出し、梱包、飲食店のオープニング・スタッフなど、すぐにできて稼げる日雇いの仕事を引っ越し作業の仕事が終わってからや、休日などに詰め込めるだけ詰め込んだ。

結果………

疲労困憊《ひろうこんぱい》してしまった。

精神的にも肉体的にもボロボロになってしまったので、この稼ぎ方はやめることにした。しかし、三月半ばになんとか十四万を稼ぐ事ができた。
十四回ガチャを引いて出てきたのは――

水魔法（Ⅰ）R
雷魔法（Ⅰ）R
風魔法（Ⅰ）R
強化魔法（Ⅰ）R
回復魔法（Ⅰ）R
空間探知（Ⅰ）R
魔法適性（Ⅰ）R
筋力増強（Ⅰ）R
鑑定（Ⅰ）R
寒熱耐性（Ⅰ）R
模倣（Ⅰ）SR
職業ボード・戦士　R
職業ボード・魔法使い　R
職業ボード・魔物使い　R

「回復魔法が出た！」

あるだろうとは思っていたが、やはりあったか……。自分が怪我をしたり人が怪我をしたら、コレを使って治せるな。

疲労が回復するかと思って、自分にかけてみたが疲労は回復できないようだ。

それと唯一のSRの〝模倣〟…………相手の技や戦い方などをマネすることができるらしいが、いまいちピンとこない。

◇◇◇

三月三十一日。給料日、冬が終わり暖かくなってきた。この冬は凄く寒いと言われていたのに〝寒熱耐性〟のおかげか、あまり寒さを感じなかった。スキルが役に立っている証拠だろう。

先月二月は労働日数が少なかったので、今月は使える金が十一万しかない………時間給労働者のつらいところである。

十一回ガチャを引いた。

雷魔法　（Ⅰ）R
光魔法　（Ⅰ）R
回復魔法（Ⅰ）R

強化魔法（Ⅰ）R
物理耐性（Ⅰ）R
精神防御（Ⅰ）R
隠密（Ⅰ）R
加護（Ⅰ）SR
敵意感知（Ⅰ）R
職業ボード・探索者　R
職業ボード・暗殺者　SR

加護！　運の値を上げる効果があるようだ。もっと早く欲しかったなー。これがあればSRやSSRをもっと引く確率が上がるかもしれないし……。

あと、〝精神防御〟を鑑定すると「精神攻撃を防ぐ他、ストレスなどにも耐性を持つ」とある。現代社会において最高のスキルではないだろうか。たくさん集めたいところだ。

職業では〝暗殺者〟っていう、ちょっと物騒なものが出てきた。来月は待ちに待ったボーナスが出る。たくさんガチャを回せるな…………。

すっかりゲーム廃人の考え方が板についてきた。

◇◇◇

四月末、楽しみにしていた給料日&ボーナス日、ボーナスの十万を加えた二十四万でガチャを引く。

〝加護〟で運の値が上がっているので期待している。

引いたのは、この二十四個！

重力操作　SSR
火魔法（Ⅰ）R
水魔法（Ⅰ）R
風魔法（Ⅰ）R×2
雷魔法（Ⅰ）R
土魔法（Ⅰ）R
闇魔法（Ⅰ）R
召喚魔法（Ⅰ）R
魔法適性（Ⅰ）R×2
魔法耐性（Ⅰ）R
空間探知（Ⅰ）R
精神防御（Ⅰ）R
成長加速（Ⅰ）SR

隠密　（Ⅰ）　R
威圧　（Ⅰ）　R
加護　（Ⅰ）　SR
寒熱耐性　（Ⅰ）　R
敵意感知　（Ⅰ）　R
念話　（Ⅰ）　R
職業ボード・聖戦士　SR
職業ボード・鍛冶職人　R
職業ボード・弓使い　R

「よしっ！！！！！」
久しぶりの【固有スキル】SSRが出てきた。

【重力操作】　SSR
重力を操ることができるようになる。

〝重力操作〟を鑑定で調べてみると、物体の重さをゼロにしたり百倍まで増やすことができたりするみたいだ。試しに大きめの石に百倍まで負荷をかけると粉々になってしまった。

これはかなり使えるスキルだと思う。今度は自分の体の重さをゼロにしてみる。体がフワフワと浮き始め空中を漂っている。そこに風魔法で推進力を加えてみると——

「やった！　空を飛べてるぞ。めちゃくちゃ気持ちいい!!」

子供の頃から一度は大空を飛んでみたい。そんな夢を今、叶えることができた。

まだ慣れてないうちはコントロールがうまくいかず落ちそうになることもあったが、体の重さがゼロなので怪我をすることはない。

重力操作の範囲を確認してみると、任意の場所の半径五十メートルくらいは対象に含めることができるようだ。

これはチートスキルと言うやつじゃないか？　それを言ったら〝時空間操作〟や〝無限魔力〟も充分チートか……。

久しぶりに出てきた〝成長加速〟と欲しかった〝加護〟。この二つのSRは正直もっと欲しいな。

◇◇◇

空を飛ぶことができるようになって、毎日が楽しくなったが、ある重要なことに気づいた。それは道を歩いている時、前を歩いていた親子（母親と小さな女の子だが）の子供が持っていた風船が空に飛んでいってしまった。

俺なら空を飛んで簡単に取ってこれると思い、時間を止める。まさか空を飛んでいる所を周りの人

に見せる訳にはいかないからな。そう思って飛ぼうとすると……。

「あれ？　飛べないぞ!?」

〝重力操作〟も使えなければ風魔法も使うことができなかった。ひょっとして時間を止めてると能力や魔法が使えないのか？

今までは人目に付かない所で飛ぶ練習をしてただけだから気づかなかったな。時間を止める能力も、万能じゃないってことか……。

まあいいか、そう思って建物の壁を蹴り三角飛びの要領で空中に止まっている風船を掴み取った。

子供の手に風船を掴《つか》ませ、少し離れてから時間を動かす。

ガチャのスキルのおかげでこんなことも簡単にできる。

女の子は驚いている様子だったが、しばらくすると母親と一緒に帰っていった。

◇◇◇◇◇◇◇

日本地震科学研究所——

「また極微小地震か？」

研究所の所長は職員に観測の結果を聞く。

「ハイ、しかし多すぎますね。これだけの数が集中して起こるのは過去に例がありません。しかも日本だけではなく世界的に起きていると報告にありますし…………何かの前兆でしょうか？」

所長は少し考えたが前例が無い以上答えようがない。

「なんにせよ観測を継続するしかあるまい」

◇◇◇◇◇◇◇◇

この頃になると、俺は〃能力〃を使って世界中を旅行していた。瞬間移動を使うので休日に二～三ヶ国に行っている。

今まで旅行に行くような金が無かったので初めての海外旅行だ。

行った国々で空を飛んで移動していた。最近気づいたのだが〃隠密〃の能力を使いながら飛んでいると、ほぼ気づかれない。

アメリカに行った時は自由の女神やエジプトに行った時はピラミッドなど観光名所を色々回る。テレビや写真でしか見たことが無かった光景に感動していた。

だけど仕事は真面目にやっているので、給料日には十四回のガチャが引ける。

出てきたのがこれだ。

水魔法　（Ⅰ）Ｒ

土魔法　（Ⅰ）Ｒ

雷魔法　（Ⅰ）Ｒ
回復魔法　（Ⅰ）Ｒ
魔法適性　（Ⅰ）Ｒ
物理耐性　（Ⅰ）Ｒ
空間探知　（Ⅰ）Ｒ
鑑定　（Ⅰ）Ｒ
俊敏　（Ⅰ）Ｒ
演算加速　（Ⅰ）ＳＲ
職業ボード・戦士　Ｒ
職業ボード・武道家　Ｒ
職業ボード・モンク　ＳＲ
職業ボード・狩人　Ｒ

出てきた物を見て、かぶってる〝職業ボード〟は俺の中ではハズレ枠になっていた。戦士や魔法使いなどは、もう何枚もあるし正直いらないからだ。
ただし、この職業ボードというのが、後々どれほど重要になるかこの時の俺は理解していなかった。

そして運命の六月が始まる――

第五話　さよならオレのガチャ

それは突然だった。日課のように、ちょくちょく空き地のガチャを確認していたが、六月下旬、ガチャに張り紙がされていた。

〈ご愛用ありがとうございました。六月末日　PM12：00をもって、当ガチャを終了させていただきます。〉

俺はガチャの前で立ち尽くした…………期間限定と書かれていたので、いずれは無くなるんじゃないかと思っていたが実際に終わると言われると、かなりショックが大きかった。

でも、この時のために考えていたことがある。借金だ。ずっと避け続けてきたが最後となれば、ためらってる場合じゃない。今なら〝加護〟のスキルで運も良くなってるはずだ。

俺はすぐに借金するための手続きに入る。手っ取り早く借りられる消費者金融で借りることにした。

金利は高いが気にしてる場合じゃないからな。

二社で借りて、一社五十万ずつ合計百万。もう翌日が月末になっていたので最後の給料日と合わせて合計百十四万でまとめて引くことにした。

時間がかかると思い、月末は有給を取って会社を休んだ。

六月三十日、俺にとって最後のガチャとなるこの日、俺は朝から空き地にいた。

約十ヶ月………毎月引いてきたこのガチャが最後になると思うと感慨深いものがある。

俺はまず、給料分にあたる十四回ガチャを引いた。出てきたのが――

火魔法（Ⅰ）R
闇魔法（Ⅰ）R
召喚魔法（Ⅰ）R
魔法適性（Ⅰ）R
空間探知（Ⅰ）R
筋力増強（Ⅰ）R
模倣（Ⅰ）SR
演算加速（Ⅰ）SR
加護（Ⅰ）SR
精密補正（Ⅰ）R
職業ボード・探索者　R
職業ボード・大賢者　SSR
職業ボード・魔物使い　R
職業ボード・僧侶　R

職業ボードにSSRの〝大賢者〟が出てきた。あと運の値を上げる〝加護〟も出てきたのがありがたい。
さっそく加護のアメを食べて、いよいよ百回のガチャに挑む。
だが、八十回引いてもあまり、いいものが出てこない。SSRの【固有スキル】が欲しいんだが
……そう思って引いていると八十八回目に引いた物に俺は目をむいた。

【女神の加護】　SSR
幸運の値を百倍にする。

「あーーーーーー！」

絶叫した。欲しかったSSRの固有スキルだが…………

「もっと早く欲しかった！」

もう残り十二回しかできない。

百連ガチャの序盤で出てくれれば…………なんとも言えない気分になったが、気を取り直して
〝女神の加護〟を食べ、十二回のガチャを引いた。

SSRが一つだけ出た。

【全状態異常耐性】　SSR
体に起こる全ての状態に対する耐性を得る。この状態異常には病気等も含まれる。

やはり〝女神の加護〟の効果は大きいようだ。それだけにもっと早く出ていれば…………。
出てきた百個の内容はこうなった。

女神の加護　SSR
全状態異常耐性　SSR
火魔法（I）R×2
風魔法（I）R
土魔法（I）R×2
水魔法（I）R×2
雷魔法（I）R×3
光魔法（I）R×2
闇魔法（I）R×4
回復魔法（I）R×2
強化魔法（I）R×2
召喚魔法（I）R×2
魔法適性（I）R×3
物理耐性（I）R

魔法耐性（I）R×3
筋力増強（I）R×2
千里眼（I）SR
鑑定（I）R×2
俊敏（I）R
魔力強化（I）SR×2
精神防御（I）R×3
成長加速（I）SR×2
隠密（I）R×2
威圧（I）R
加護（I）SR×3
精密補正（I）R×2
寒熱耐性（I）R
敵意感知（I）R×4
念話（I）R×3
模倣（I）SR×2
職業ボード・戦士R×3
職業ボード・魔法使いR×4

職業ボード・僧侶　R　×2
職業ボード・武道家　R　×4
職業ボード・狩人　R　×2
職業ボード・魔法戦士　SR
職業ボード・モンク　SR　×2
職業ボード・賢者　SR
職業ボード・魔物使い　R　×3
職業ボード・聖戦士　SR　×2
職業ボード・弓使い　R　×3
職業ボード・盗賊　R　×2
職業ボード・鍛冶職人　R　×2
職業ボード・錬金術師　SSR
職業ボード・暗殺者　SR
職業ボード・大魔導士　SR　×2
職業ボード・探索者　R　×3

こうして金を使いきってしまった俺は、その場で放心状態になってしまった。

◇◇◇

これで全部、終わったんだな……。〝全状態異常耐性〟もあって病気にもならないし〝女神の加護〟で運も百倍になったんだから、文句のつけようがないが。

ガチャで出てきた〝アメ〟や〝職業ボード〟をアイテム・ボックスとして使っている白い空間に放り込むと力なく立ち上がり、家に帰ろうとした。

「待てよ」

突然、頭にある考えが浮かんだ。

「女神の加護で運の値が百倍になっている！　スキルの〝加護〟もいくつか獲得している!!」

今、生活費としての十万は残っている。俺はギャンブルなどはやったことが無いが、これだけ運の値が上がっているなら、ギャンブルで金を作り出すことも可能なんじゃないだろうか？

普通に考えれば人として間違っているだろうが、今日だけは無茶をしなければいけない。そうしなければ必ず後悔するだろう。今が俺の人生において重要な選択になる予感がした。

とは言え、宝くじさえ買ったことが無いのに何をやればいいのかパッと思いつかない。パチンコ？　競馬？　株式など？　いいや、とにかく時間が無い。

少し考えたあと思い付いたのは、宝くじ売り場で買える〝スクラッチくじ〟だ。詳しくは知らなかったのでスマホで確認すると、一口二百円で買えて当選した場合、宝くじ売り場、高額の場合は銀行で当選金が受け取れる。とあった。

今が昼12：00前なので、すぐに買いに行けば間に合うだろうが高額当選した場合、銀行に行かなければいけないのでPM3：00までには買って当たりかどうか確認しなければいけない。時間がキビしいな。

俺は急いで宝くじ売り場へ向かった。

PM4：30――

俺は空き地の前に立っていた…………〝スクラッチくじ〟で当てた百四十三万の金を握りしめながら――

正真正銘これが最後の金だ。もう金を用意する時間が無い…………俺は金をガチャに入れて万感の思いを込めてボタンを押した。出てきたのは…………

結界防御　SSR
超回復　SSR
剛力無双　SSR
神眼　SSR
職業ボード・勇者　SSR×2
職業ボード・錬金術師　SSR×3
職業ボード・大賢者　SSR

職業ボード・魔王　SSR×3
火魔法（I）R×4
風魔法（I）R×2
土魔法（I）R×3
水魔法（I）R×3
雷魔法（I）R×4
光魔法（I）R×2
闇魔法（I）R
召喚魔法（I）R×4
回復魔法（I）R×3
強化魔法（I）R×2
魔法適性（I）R×2
成長加速（I）SR×6
物理耐性（I）R×2
魔法耐性（I）R×2
空間探知（I）R×6
筋力増強（I）R×3
千里眼（I）SR×2

鑑定（Ｉ）Ｒ×２
俊敏（Ｉ）Ｒ×３
魔力強化（Ｉ）ＳＲ×２
精神防御（Ｉ）Ｒ×２
隠密（Ｉ）Ｒ×６
加護（Ｉ）ＳＲ×３
威圧（Ｉ）Ｒ×４
精密補正（Ｉ）Ｒ×２
寒熱耐性（Ｉ）Ｒ×３
敵意感知（Ｉ）Ｒ×３
念話（Ｉ）Ｒ×２
模倣（Ｉ）ＳＲ×２
演算加速（Ｉ）ＳＲ×４
職業ボード・戦士Ｒ×２
職業ボード・魔法使いＲ×３
職業ボード・僧侶Ｒ×２
職業ボード・武道家Ｒ×３
職業ボード・狩人Ｒ

職業ボード・魔法戦士　SR　×３
職業ボード・モンク　SR　×２
職業ボード・賢者　SR　×３
職業ボード・魔物使い　R　×３
職業ボード・聖戦士　SR　×２
職業ボード・弓使い　R　×３
職業ボード・盗賊　R　×４
職業ボード・鍛冶職人　R　×４
職業ボード・暗殺者　SR　×２
職業ボード・大魔導士　SR　×２
職業ボード・探索者　R　×２

やり切った感じがある。SSRは合計十三個出てきた。

【結界防御】　SSR
自分を中心に半径二メートル範囲に球状の結界を作り出す。
【超回復】　SSR

体に損傷を受けても超スピードで再生させる。

【剛力無双】　ＳＳＲ
筋力、物理防御のステータスを三倍に引き上げる。

【神眼】　ＳＳＲ
過去と未来を見る。ただし今見ている光景で短時間に限る。

どれもとんでもないスキルだな。それぞれを鑑定で調べると、結界防御は自分のステータスの物理防御・魔法防御の二倍の耐久力があるものが張れるみたいだが至近距離からの攻撃は防げないようだ。完全無欠とまではいかないか………。

超回復は、体の五割が失われても再生させることができる。五割を超えると困難になる、とあるが………普通は五割も体を失ったら即死だ。なかなかえぐい能力だな。

剛力無双に至っては、もはや反則レベルではないのか？

未来を見ることができる神眼か……これがもっと早く手に入っていれば金には困らなかったかもしれないなー。

職業ボードは〝魔王〟が出てきた。物騒だな………なっても大丈夫だろうか？

こうして俺のガチャ生活、最後の日が終わろうとしていた。

◇◇◇

俺は空き地に置いてあるガチャの前で座り込んでいる。もう何時間にもなるだろう。午前0：00になれば本当に、このガチャが消えるのか確かめるためだ。

そもそも終了するとはどういうことか？　金を入れても商品が出なくなるのか？　それとも突然消えるのか？　あるいは誰かが回収しにくるのか？

色々な想像が頭をめぐる。

願わくば消えないでほしい。このまま給料をガチャにつぎ込む生活が続いてほしい。

そんなことを考えながら俺はガチャを眺《なが》めていた。ガチャから引いた〝アメ〟は借金した分も含め、全て食べた。

自分の手を見つめて〝鑑定〟を発動し、自分のステータスを確認する。

無職　Lv1

HP　72／72
MP　∞／∞
筋力　68　↓　316

防御　63　↓　265
魔防　63　↓　95
俊敏　62　↓　90
器用　66　↓　92
知力　75　↓　101
幸運　63　↓　9135

【固有スキル】
時空間操作　全状態異常耐性
無限魔力　結界防御
重力操作　超回復
女神の加護　剛力無双
神眼

【魔法】
風魔法（Ⅷ）　土魔法（ⅩⅡ）
火魔法（ⅩⅠ）　光魔法（Ⅶ）
召喚魔法（Ⅹ）　雷魔法（ⅩⅡ）
水魔法（Ⅹ）　闇魔法（Ⅸ）

強化魔法　（Ⅷ）　回復魔法　（Ⅷ）

【スキル】
鑑定　（Ⅷ）　空間探知　（ⅩⅣ）
筋力増強　（ⅩⅠ）　千里眼　（Ⅵ）
魔力強化　（Ⅶ）　寒熱耐性　（Ⅷ）
物理耐性　（Ⅷ）　魔法耐性　（Ⅹ）
魔法適性　（ⅩⅡ）　成長加速　（ⅩⅠ）
隠密　（ⅩⅡ）　俊敏　（Ⅸ）
精密補正　（Ⅷ）　威圧　（Ⅷ）
演算加速　（Ⅷ）　念話　（Ⅷ）
敵意感知　（Ⅹ）　模倣　（Ⅵ）
精神防御　（Ⅶ）　加護　（Ⅸ）

改めて見ると、とんでもないステータスになっている。

普通の【スキル】の補正は基礎ステータスにかかるのに対してＳＳＲの【固有スキル】の補正は補正されたスキルに倍数がかかるようだ。

たとえば〝力〟は筋力増強で６８↓１０５になり〝剛力無双〟でさらに三倍、３１６になる。もはやデタラメ、チートと呼べるんじゃないか……。

試しに近くにあった石を強く握りしめた。すると石にヒビが入って割ることができた。その石を上に投げ頭の上に落としたが、まったく痛くない。
そして集まった職業ボードは、これだけになる。

職業ボード・勇者　SSR　×　3
職業ボード・魔王　SSR　×　3
職業ボード・大賢者　SSR　×　2
職業ボード・錬金術師　SSR　×　4
職業ボード・戦士　R　×　8
職業ボード・魔法使い　R　×　10
職業ボード・僧侶　R　×　7
職業ボード・武道家　R　×　10
職業ボード・狩人　R　×　5
職業ボード・魔法戦士　SR　×　5
職業ボード・モンク　SR　×　6
職業ボード・賢者　SR　×　6
職業ボード・魔物使い　R　×　10
職業ボード・聖戦士　SR　×　6

職業ボード・弓使い　R　×9
職業ボード・盗賊　R　×8
職業ボード・鍛冶職人　R　×9
職業ボード・暗殺者　SR　×4
職業ボード・大魔導士　SR　×5
職業ボード・探索者　R　×9

この職業ボードの多さが、後々俺の運命を変えていくことになる。

そして午前0：00、目の前には何も無かった。目を離したわけじゃない。ただ突然、最初から何も無かったかのようにガチャは消えていた。

俺は呆然として、何もなくなった場所をただ眺め続ける。こうして十ヶ月に渡る給料を全部つぎ込んだガチャ生活は終わりを告げた。

そして翌日、人類の誰も経験したことの無い大災害が起きることになる。

Status of Hero

Name ？？？／Job 無職／LV 1

ＨＰ	７２／７２	【固有スキル】	
ＭＰ	∞／∞	時空間操作	
筋力	３１６	無限魔力	
防御	２６５	重力操作	
魔防	９５	女神の加護	
俊敏	９０	全状態異常耐性	
器用	９２	結界防御	
知力	１０１	超回復	
幸運	９１３５	剛力無双	
		神眼	

【魔法】		【スキル】			
風魔法	(Ⅷ)	鑑定	(Ⅷ)	隠密	(ＸⅡ)
火魔法	(ＸⅠ)	空間探知	(ＸⅣ)	俊敏	(Ⅸ)
土魔法	(ＸⅡ)	筋力増強	(ＸⅠ)	精密補正	(Ⅷ)
水魔法	(Ｘ)	千里眼	(Ⅵ)	威圧	(Ⅷ)
雷魔法	(ＸⅡ)	魔力強化	(Ⅶ)	演算加速	(Ⅷ)
光魔法	(Ⅶ)	寒熱耐性	(Ⅷ)	念話	(Ⅷ)
闇魔法	(Ⅸ)	物理耐性	(Ⅷ)	敵意感知	(Ｘ)
召喚魔法	(Ｘ)	魔法耐性	(Ｘ)	模倣	(Ⅵ)
強化魔法	(Ⅷ)	魔法適性	(ＸⅡ)	精神防御	(Ⅶ)
回復魔法	(Ⅷ)	成長加速	(ＸⅠ)	加護	(Ⅸ)

第二章

大厄災編

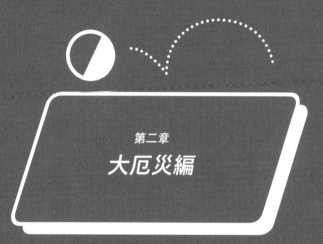

第六話　厄災の日

七月一日。まだ夜明け前の日本で、それは突然起こった。マグニチュード8を超える直下型地震が各地で起こる。

その災害は、日本だけではなく世界各国で同時多発的に起きた。日本では多くの人が就寝中だったため家屋の倒壊などで多くの犠牲者が出てしまう。

この地震によって各国の交通網、通信網は深刻な被害を受けた。

だが、この出来事が後々〝大災害〟ではなく〝厄災《やくさい》〟と呼ばれるようになったのは、この後に起こった信じられない現象が理由となる。

大地震によって地面に開いた亀裂から、隆起した別の大地が盛り上がってきた。

その大地は青黒い色をしており、周囲とのコントラストの異様さから不気味な雰囲気を漂わせている。

そして青黒い大地の穴や亀裂から未知の生物、化物と呼べるもの達が這い出して人間を襲い始めた。

当然、各国の軍隊（日本では自衛隊）が化物達の迎撃にあたったが、彼らの使う武器弾薬は化物には効果がなかった。

いや、正確に言えば殺すことはできた。しかし効率が悪く時間がかかりすぎ、より強い個体には効かないケースもある。

後々分かったことだが、この生物達や地震で隆起した大地などには〝未知の素粒子〟が大量に含まれていて、ドイツの研究所は〝暗黒物質《ダークマター》〟の一種なのではないかとの学説を発表したが〝暗黒物質《ダークマター》〟自体が仮説にすぎないため信憑性は定かではない。

日本では、この物質のことを仮に〝魔素〟と呼ぶことにした。魔素を含まない武器弾薬では化物達に致命的なダメージを与えることができず、短期間で回復してしまうケースも見られた。

逆に人間が魔素を含む生物に傷つけられると、その傷の治りが遅くなることも確認されている。

この化物は出現した国によって種類が違い、ある国では巨大な〝竜〟が空を舞い、ある国では〝巨人〟が闊歩《かっぽ》した。日本では映画に出てくるような腐乱した〝ゾンビ〟のような化物が人を襲いだす。

人類にとって絶体絶命の状況が続いて数週間がたった頃、EUが青黒い大地から微量の金属が発掘されたと発表した。

これは化物と戦う各国の軍隊にとって、これ以上ない朗報になる。なぜなら、この金属は大量の〝魔素〟を含んでおり、鉄と同じように加工しやすいことから、化物に対抗する武器を作り出すことができると考えられたからだ。

しかし、岩石の中に含まれている金属の含有量が微量なうえ、安全に採掘するのが難しいため希少な金属になってしまう。

剣や鈍器のような武器ならともかく、銃弾にして大量消費するのが困難であることから戦況を覆すにはいたらなかった。

◇◇◇◇◇◇◇◇◇

【航空自衛隊・岐阜基地】

〝厄災の日〞から二ヵ月後――

「厚木とは連絡は取れたか？」

「ダメです。昨日から通信が途絶えたままです……やはり壊滅したのでしょうか？　直前に空を飛ぶ鳥のような化物に襲撃されたとの報告もありましたから」

「米軍の支援は期待できないな。横須賀は完全に壊滅状態だと聞くし」

岐阜基地・1等空佐の坂木《さかき》は険しい顔で現状を確認していた。

〝厄災の日〞に日本で特に巨大な異形の大地が現れたのは東京と福岡だ。東京には首都機能が集中していたため壊滅状態になった時、国の主要な機能は全て停止してしまう。

またこの時の化物の襲撃によって横須賀の米軍基地、関東周辺の自衛隊基地が交戦する間もなく壊滅。日本は化物に対抗する戦力の多くを失った。

これによって関東を境に東西に分断され、北海道の千歳基地などとの連携が取れなくなってしまう。

また、福岡からも大量の化物が溢れ出し、甚大な被害を出している。

沖縄の米軍も現在九州に援軍を出し交戦中との一報があった。しかし通信状況がズタズタで正確な情報が自衛隊には、なかなか入ってこない。

〝魔素〟の濃度が高い所ほど通信状況が悪くなる。このことから〝魔素〟には通信を妨害する機能があるのではないかと考えられていた。

首相官邸は政治の機能を大阪に移し、指揮系統を立て直そうとしているが、東京に溢《あふ》れ出した化物共が大阪に向かっているとの情報もある。

関東周辺の避難民が関西に移動していることから、人間が集まっている場所を目指していると推測された。

現在この岐阜基地は愛知県の陸上自衛隊基地などと連携し、最終防衛線として東京から来る化物共を迎え撃つつもりで準備がされている。

ここを抜かれると日本は滅亡することになるかもしれない……そう坂木は考えていた。

◇◇◇

「坂木1佐！　合同試験部隊が戻ったようです」

「そうか……会議室に集めてくれ」

合同試験部隊は陸自と合同で行っている〝試作武器〟の実戦使用を行う部隊だ。

「駒田《こまだ》1尉、どうだった？」

敬礼している駒田に単刀直入に聞いた。結果が早く知りたかったからだ。

「ハッ！　予想以上の効果です。人型の生物であれば、ほぼ一撃で倒すことができました。銃弾であれば二十発以上撃たないと沈黙させることができないことを考えれば成功だと思います」

「そうか……」

〝試作武器〟とは青黒い大地の一部から採掘できる金属で造った物のことだ。日本では、これを魔素を含んだ金属〝魔鋼鉄〟と呼んでいる。

現在は刀剣、鈍器《ハンマー》を造り、実戦で試すことになった。

刀剣や鈍器《ハンマー》は相手にダメージを与える部分だけを魔鋼鉄で造り、他の部分は既存の金属で造ればいいので魔鋼鉄の消費を抑えることができる。

魔鋼鉄は採取が難しく希少なため、多く使うことはできない。今回は少量確保できた材料を使い六人分の武器ができたため、試験的に運用を認めた。

もちろん安全を確保するため他の数十名の隊員には銃火器での援護をさせている。

「坂木1佐。この武器はあといくつぐらい用意できるんでしょうか？」

「今ある素材では、あと二十～三十が限界だろう」

「二十～三十ですか……」

戦力的には、とても足りない……自衛隊には採掘を担当する班があるが、各地の自衛隊が化物との交戦で被害を出している中、人員が不足しているのが実情だ。

東京や福岡以外にも〝化物〟が溢れ出している場所が多々ある。北海道、山形、福島、新潟、長野、茨城、鳥取、広島、高知、宮崎、熊本などだ。どこも大きな被害を出している。

それにしても不思議なのは長野だ。東京からも近く、県内にも巨大な大地が現れているのに一般人の被害が少ないと情報が入っていた。

偶然か？　詳しいことが分からないのでなんとも言えないが。

「あの………1佐、少しよろしいでしょうか？」

「どうした？　駒田」

「実は、化物と交戦した後、参加した隊員の中から、その………おかしなことを言うものがいまして……報告するかどうが迷ったのですが………」

「おかしなこと？　どういうことだ」

後ろの列から、一人の女性隊員が出てきた。

「君は、桜木《さくらぎ》1曹………何かあったのか？」

「その私、見えるんです………」

「見える？　何が？」

「その……人の前に職業みたいなものが………ゲームのステータス・プレートみたいに………」

「ゲームのステータス？」

何を言っているんだ。俺は子供の頃からあまりゲームなどやったことが無かったため、理解に苦しんでいた。

俺が困った顔をしていると桜木が……… 。

「突然、見えるようになったんです。自分でもよく分からないんですが………本当です」

「具体的に、どんなふうに見えるんだ？」

「自分自身を見てみると、名前・職業・ステータス・スキルの順番で見えるんです」

そう言って彼女は紙に情報を書き出して見せてくれた。

桜木　楓
探索者　Lv3
HP　68／68
MP　40／40
筋力　28
防御　34
魔防　66
俊敏　45
器用　70
知力　57
幸運　66

【スキル】

鑑定（I）

「この〝鑑定〟というのがあるから人のステータスが見えると言うことか？」

「自分を見ると〝ステータス〟や〝スキル〟が見えるんですが、人のを見ると名前と職業とレベルしか見ることができないんです。たぶん私か鑑定（I）のレベルが低いからなんじゃないかと思って……」

俺は少し考えた。確かに〝魔素〟が人体に影響を与えるという研究が欧米であることは知っている。海外の軍隊で筋力が普通では考えられないくらい上昇したなど、眉唾と思えるものもあるが……。

「駒田はどう思う？」

「ハッ！　自分も最初は信じられなかったのですが……」

そう言って駒田は並んでいる隊員に目をやった。

隊列の後ろから背の高い眼鏡を掛けた男性隊員が前にやって来た。

「山中《やまなか》3曹です。山中！　説明しろ」

「はい、桜木1曹から『あなたには〝魔法使い〟という職業が見えるから、何かできないか？』と言われて、まったく信じていなかったのですが何となくイメージしていると……」

そう言って山中は自分の胸の前で手を合わせ、ゆっくりと開き、手と手の間に空間を作った。

次の瞬間――

手の中でパチパチと火花のようなものが生まれ数秒で消えていった。

「これは……」

「今はこれくらいしかできませんが………もっとレベルというのが上がればできることが増えるかもしれません」

それは〝魔鋼鉄〟と並んで化物達に対抗する〝魔法〟の可能性を自衛隊が確認した瞬間だった。

第七話　可能性

俺は執務室で一人、考え込んでいた。

もしも本当に〝魔素〟の影響で人間の能力に変化が生じているなら、化物共と戦うヒントになるんじゃないだろうか………今のままではいずれ我々は全滅する。

「坂木1佐。長野からの避難民が一四〇名ほど来ています」

避難民の報告が入った。被害を免れた一般市民が関東方面から命からがら逃げてきている。特に、ここ数日増えてきているようだ。

この基地にも難民キャンプの用意があるので、一旦休んでもらい大阪など関西圏への移動を支援していた。

「それと………避難民の中に気になることを言っている者がいるんですが………」

「気になること？　何だ」

「長野で〝魔法〟を使う人間に助けられたと言う者が数名おりまして………今、自衛隊の中でも魔法の話題が持ち切りですので、もしやと思いご報告をと」

「魔法………」

また魔法か………それが本当なら魔法を使いこなす者がいるということになるが………。

「直接、話を聞きたい。その避難民の所へ案内してくれ」

テントがいくつか並ぶ避難所で、長野から来た数人の避難民に話を聞いた。

「それで、その魔法を使う人間と言うのは一般人だったんですか？　自衛隊員ではなく？」

「一般人だよ。自衛隊では無かったと思うけど………」

「どんな人でしたか？」

「うーん……普通のにーちゃんだったよ。二十代後半くらいかな」

「いや～すごかったんだよ！　炎や雷を操って化物共をバンバン倒してたしさ～。いやー、かっこよかったね」

どうやら本当に魔法を使う人間を見たようだ。話をまとめると長野の避難所が化物に襲われている所に一般人の男性が助けに入って数十体の化物を〝魔法〟で倒したらしい。

ひょっとして長野の人的被害が少ない原因と関係があるのか？　一人でできるとは思えないな
………何人か魔法が使える仲間がいるのかもしれない。

そう考えた俺は岐阜基地にある参謀本部に向かった。

もし本当に〝魔法〟が使える人間がいるのなら大きな戦力になるだろう。長野の自衛隊に連絡を取り探して貰いたい所だが今、長野とは通信が断絶している状態だ。

こちらから捜索班を向かわせるしかない。そのためには――

年季の入った執務室の扉をノックした。

「入れ」

「失礼します」

机の上で書類仕事をしていた手を止め、こちらに向き直った。

「何か用か？　坂木」

この岐阜基地合同本部統括、山本《やまもと》空将補に捜索の許可をもらうしかない。

「お話があります」

俺は今まで聞いてきた〝魔法〟のことや長野の避難民のことを山本空将補に話した。

「今、長野とは連絡が取れないので捜索班を編成して長野に向かわせるべきと考えます」

俺の話を聞き終えた山本空将補は少し考えた後…………。

「坂木……お前正気で言っているのか？」

眉間にしわを寄せ、かなり怒りをにじませて俺を睨《にら》みつけた。

「関東から数万を超える化物共がこの防衛ラインに向かって来ているんだぞ！　自衛隊員は各地での交戦や避難民の救助で手一杯だ。重要事項の〝魔鋼鉄〟の採掘でさえ人手が足りない状況だ!!」

山本空将補は溜息をついて、あらためて俺を見た。

「そんなおとぎ話のような、いるかいないかも分からない人間を探すのに捜索隊を派遣だと!?　馬鹿も休み休み言え！　現実を見ろ、坂木。お前にはやるべきことが山ほどあるだろう！」

空将補の言うことはもっともだった…………人員が足りていないのは現場で働いている俺が一番よく分かっている。

だが現実を直視すれば、このままでは自衛隊が壊滅するのは時間の問題だ。

参謀本部を出た俺はスマホを取り出し、ある人物に連絡を取った。岐阜県内であれば電波ぐらいは入る。

「何かしなければ…………ただ死を待つわけにはいかない！」

◇◇◇

「お前が俺を呼び出すなんて初めてじゃないか？」

「すまないな清水《しみず》………」

俺は二年前に自衛隊を除隊した同期の清水を呼び出していた。清水に今までの経緯を全て話し協力を頼むためだ。

「そんなに状況は悪いのか？」

「はっきり言って絶望的だ。このまま交戦すれば数日で戦線は崩壊する」

「だからって、そんな本当にいるかも分からない奴を探すのに、わざわざ岐阜より危険な長野に行けって言うのか!?　俺はもっと安全な関西方面に避難しようと思ってた所なんだぞ」

「本当にすまないと思っている、だが自衛隊員は動かすことができないし、俺も持ち場を離れるわけにはいかない。お前に頼むしかないんだ！　この通りだ」

　俺は深々と頭を下げた。

「本当に〝魔法〟なんか使う奴がいると思ってんのか⁉」

「それが一人なのか複数いるのかは分からない……だが俺はいると信じている！」

　ハァーと、ため息をつきながら清水が頭を掻いた……。

「しかたねえな……お前の頼みだ。一つ貸しにしておくからな」

「ありがとう！　恩に着る」

「それで……タイムリミットはどれくらいなんだ？」

「化物共が防衛ラインに到達するのがおよそ一週間後……」

「一週間か……」

「交戦状態に入ってからは数日ももたないだろう……何とか一週間以内に連れて来てくれ」

　俺は切実な顔で清水を見ていた。

「分かってると思うが、仮にその男が見つかって連れて来ることができたとしても戦況が変わる保証はどこにもないんだぞ。いや、むしろその可能性の方が高い。それでも待つのか？」

「分かってる。藁《わら》にもすがる思いなんだ……」

「ハー……、希望薄でタイムリミットもある厄介なミッションか……民間で働いてるのにこんなことになるとはな……」

　清水は立ち上がり、背中を向けて歩き出した。

「今から出発する…………期待しないで待ってろ！」

俺は心から感謝し、その背中を見送った…………。この後、清水が想像を超える体験をすることになるなど、この時はまだ知るよしもなかった。

第八話　頑丈でよかった

【〝厄災の日〟、当日――】


「ぶはーーーーっ！」

頭の上にあったコンクリートの破片を投げ飛ばす。

「死ぬかと思った!!」

自分の上に覆いかぶさった瓦礫をどけながら、怪我が無いか確認していた。

「特に怪我は無いな。ガチャのおかげで体が頑丈になってるし、ガチャ様々だ」

周りを見渡すと、至る所で家屋が倒壊している。

「地震か……寝てたから気づかなかったけど、そうとう大きな震度だったんだろうな」

とりあえず、瓦礫の中から服を取り出し周りの状況を見て回ることにした。大騒ぎになって家を飛び出す人もいれば、瓦礫に埋まって助けを求める人などがいる。

〝空間探知〟で生存者を探すと、どこに何人いるかはすぐに分かった。

「よっこいしょ！」

〝筋力増強〟や〝剛力無双〟があるので、瓦礫をどけるのはそんなに苦労はしない。

「大丈夫ですか？」

お隣さんだ。名前は知らないが何度も見かけたことはある。

「ああ、ありがとう……助かったよ」

その後、数人を助けて一緒に避難所へ向かう。このあたりでは小学校が避難場所になるはずだ。避難所に助けた人を連れて行き、他にも助けを求めている人がいないか探すことにした。

しばらく歩いていると異変に気づく。

スキル〝敵意感知〟が反応している。それも多方面からだ。周りを見ると、まるでゾンビのような人間がゆっくりとこちらに近づいて来た。

「何だアレ？　人間……なのか⁉」

敵意感知が激しく鳴り響く。

「人間じゃなさそうだな！　だったら遠慮はいらないだろう」

俺はその化物達に手をかざす。


「重力操作！」

重さを百倍まで増やすと、化物達はメリメリと音を立てて潰れていった。もともと体がもろいのか重力を操る能力は効果絶大だな。

重力の圧力で死ぬのか…………重力圧殺、グラビティプレスと名づけよう。その方がイメージしやすくていいな。

それにしても何でこんな化物達がいるんだ？　明らかにおかしいと感じたので、〝隠密〟で気配を消してから空を飛んで町の様子を見て回った。

至る所で家が倒壊し、火災も起きている。道路はひび割れ陥没している所もあるが、それ以上に異様な光景だったのは――

「あれ…………何だ？」

青黒い大地が所々に盛り上がっていた。その近くから、さっき倒したゾンビみたいな奴らが這い出して来ている。

ゆっくり地上に降り、立ち向かって来るゾンビ達を重力圧殺で潰していく。

〝魔法〟も使ってみた。数体の魔物に向かって〝風魔法〟を放つと一斉に吹き飛び空中でバラバラになった。ただ周りにあった電柱や家の壁なども一緒に切り裂いてしまう。

〝火魔法〟で攻撃すると相手は一気に燃え上がり絶命したが、火の勢いが強すぎて辺り一面に燃え広がった。

慌てて〝水魔法〟で消火したが、今度は水の勢いが強すぎて地面のコンクリートごと破壊してしまう。魔法は威力はあるがとにかく扱いづらい印象だ。

それに比べて〝重力操作〟は力の強弱をコントロールできるので、とても扱いやすい…………今の所、重力圧殺《グラビティプレス》が最も効果的だったのでバンバン使っていった。

数時間すると体に異変が起こる。

「何だ……この違和感？」

俺は自分のステータスを〝鑑定〟で見た。

無職　Lv99

「あっ！　レベルが上がってる。しかも99？　〝成長加速〟の影響か？　それとも無職だから上がりやすいのか？」

とにかくレベルがカンストしている……と、言うことは、あの化物を倒したことでレベルが上がるってことか。

「だとすれば……」

俺はアイテム・ボックスとして使っている空間を開き、中から〝職業ボード〟を取り出した。

「これが使えるんじゃないかな？」

◇◇◇

無職のレベルが99になってステータスが上がったため、以前のステータスと比較してみる。

以前のデータはノートにまとめていたので、そのノートを家の瓦礫の山から引っ張りだし、スキルなどで補正される前のデータで比べてみると――

無職　Lv1　→　無職　Lv99
HP　72／72　→　HP　93／93
MP　∞／∞　→　MP　∞／∞
筋力　65　→　筋力　78
防御　60　→　防御　74
魔防　57　→　魔防　64
俊敏　62　→　俊敏　69
器用　66　→　器用　77
知力　71　→　知力　84
幸運　63　→　幸運　69

これを見ると無職をカンストした結果、合計100ほど上がっているのが分かる。MPは無限なので、どれくらい上がったかは分からないが、大体それぐらいだろう。
この職業ボードを使えばもっと強くなれるんだろうか？　ゲームなんかでは職業を変えてレベルを

上げると、更に強くなれるものもあるが。
ガチャから出て来た職業ボードもそのパターンなら、より強くなれると思うけど……実際にやってみないと分からないな。
表面に触れてＹ／Ｎの表示が出るのは〝Ｒ《レア》〟の物だけ、つまり使うことができる職業ボードはこの十種類だけってことか。

戦士　　魔法使い　　僧侶　　武道家
魔物使い　鍛冶職人　　盗賊　　弓使い
探索者　　狩人

どれにしようか………少し考えて何になるのかを決めた。やっぱりコレかな、俺は一つの職業ボードに触れ表面に浮かんだＹ／ＮのＹを押した。

魔法使い　Ｌｖ１
ＨＰ　９３／９３
ＭＰ　∞／∞
筋力　７８

防御　74
魔防　64
俊敏　69
器用　77
知力　84
幸運　69

【職業スキル】
　魔術　Rank　F

本当に魔法使いになれた。思った通り、レベルは1に戻ったがステータスはそのままだ。これでレベルをあげていけばステータスをまた上げられる。

それと〝職業スキル〟と言うのが加わった。この魔術のランクが上がれば魔法の扱いがもっとうまくなるかもしれない。

ここで俺は重要なことを考え始める。あの化物達は人間を襲っているようだ。俺のこの力があれば、他の人達を助けに行くこともできるだろう。

だけど今、一番重要なのは、まず自分自身の安全の確保じゃないか？　こんな訳の分からない状況になって今後どうすればいいのかも分からないのに、人助けを優先すべきだろうか……。

目の前には強くなれる手段がある。でも、どれくらい強くなれば安全なのかが分からない。まずは強くなれるだけ強くなって、自分の力が化物に充分通用すると分かれば、その力を使って他の人を助けに行けばいいいんじゃないかな。

俺はヒーローじゃない。まずは自分の安全確保を最優先に考えて職業ボードのレベルを上げていく、その過程で困ってる人がいたら助けていこう。

当面の目標は、無理をしない範囲で化物を倒して強くなっていくことだ。

さっそくレベリングをしようと思い、空を飛んで化物を探していると…………向こうから何か飛んでくる。

「あれもモンスターなのか!?」

大きな鳥だが、体が所々腐敗している。鳥型のゾンビみたいだ。

雷魔法で迎撃しようとするが、当たらない。仕方なく近づいて〝重力圧殺《グラビティプレス》〟で地面に叩きつける。

鳥の化物を数匹倒した後、地上に降りて人型のゾンビを十数体倒したが、無職の時と違って簡単にレベルは上がらなかった。

結局、避難所に寝泊りし、配給などで食料を確保しながら一週間以上かけて〝魔法使い〟のレベルを99まで上げていった。〝成長加速〟があるから、これでも早い方なのだろう。

カンストしたことで職業ランクが上がった。

魔法使い　Lv99

ＨＰ　９３／９３　↓　１１４／１１４
ＭＰ　∞／∞
筋力　７８　↓　８６
防御　７４　↓　７８
魔防　６４　↓　９１
俊敏　６９　↓　８０
器用　７７　↓　８４
知力　８４　↓　１４５
幸運　６９　↓　７７

【職業スキル】
魔術　Ｒａｎｋ　Ｆ　↓　Ｒａｎｋ　Ｃ

魔法のランクは〝Ｃ〟に上がり、無職の時と比べてステータスの数値の合計が３００近く上がった。

そして魔術ランクを上げたことで気づいたことが二つある。

一つは魔術で扱いやすくなるのは風・火・水・土の四つだけで他は上がらないこと、もう一つは風・火・水の魔法のレベルが上がったこと。

無職の時は風魔法（Ⅷ）だったのが今は風魔法（Ⅸ）になっていた。

このことから、風・火・水・土の四つに関してはこの職業ボードでレベルを上げていく過程で〝魔法（Ⅰ）〟を獲得することができるということだ。

本来なら魔法は魔法使いのレベルを上げて習得できるものだったじゃないかな？　だけど俺はガチャでそれを省略したんだだと思う。

だとすると他の職業ボードでも〝魔法〟や〝スキル〟の獲得が期待できる。そう考えるとガチャでハズレ感があった職業ボードは〝魔法〟や〝スキル〟より価値があるってことになるな。

そして、ずっと試してみたかったのが〝同じ職業に二度なれるのか〟と言うことだ。

もし同じ職業に二度なれるなら、このダブついたボードを有効活用できるし、魔術のランクも〝C〟で止まってしまったが、更に伸ばせるかもしれない。

そう考えて職業ボード〝魔法使い〟の表面をタッチすると、Y／Nの表示が出た。

仮にまた〝魔法使い〟になれたとしても今度はせっかく上げたステータスや魔術ランクがリセットされるかもしれない…………。

そうなったら、またコツコツ上げるしかないか…………そう思いながら〝Y〟の表示を押した。

鑑定で自分のステータスを確認する。

魔法使い　Ｌｖ１

HP　114／114
MP　∞／∞
筋力　86
防御　78
魔防　91
俊敏　80
器用　84
知力　145
幸運　77

【職業スキル】
魔術　Rank　C

「よしっ！　成功だ!!」

ステータスと魔術ランクはそのままで、レベルだけが1になっている。

魔法使いの職業ボードは、今使ったのも含めてまだ九枚分ある。ガンガン使ってレベルを上げていけるぞ。

それから俺は青黒い地面から這い出して来る魔物を狩りまくっていった。

魔物が複数で向かって来ても〝土魔法〟で相手の足を地面に引きずり込み、動けなくなった所に〝火魔法〟で止《とど》めを刺した。

以前とは違い力のコントロールができている。他の物は燃やさずに魔物だけを焼き尽くした。

〝水魔法〟もイメージすると、拳大《こぶしだい》の氷の礫《つぶて》にすることができ、相手にぶつけると当たった箇所が凍り始め、動きを阻害していた。

前に使った水魔法は威力が強すぎてコンクリートを壊したりしてたけど、今は力加減も調整できるし、そんなことにはならない。

この頃になると、魔法はイメージが重要なんだということに気づいてくる。使える魔法の種類が増えるほど、使い分けをするためにも明確なイメージが必要だ。

そのために魔法に名前を付けることにした。「炎龍！」と言って火魔法を撃ち出すと、ハッキリとした龍の形になりアンデッドを燃やしていく。

威力も上がっているように感じるし、魔法を使う速度も速くなっている。これは、かなり使い勝手が良くなったんじゃないか？

思いのほか近づいてきた魔物には、おもいっきり裏拳を叩き込んだ。予想以上に魔物が吹っ飛んでいく。

職業が〝魔法使い〟なので力のステータスは高くないが【スキル】の補正で半端じゃなく強くなっている。

…………それにしてもゾンビを直接触るのは、なんか嫌だな。

そんなことをしていると、思ったよりレベルの上がり方が早いことに気付いた。前回の倍くらいの早さだ。ひょっとして一度、カンストすると二度目以降は成長が早くなるのかな？

三日ほどでカンストできた。職業によるランクなどの変化はこうなる。

魔法使い　Ｌｖ９９

【職業スキル】
　魔術　Ｒａｎｋ　Ｃ　↓　Ｒａｎｋ　Ｂ

獲得　〝魔法〟　風魔法（Ⅰ）×２　土魔法（Ⅰ）×１

魔術ランクは〝Ｂ〟まで上がった。ひょっとしたら三回目はもっと成長が早くなるかもしれないと思い三度目の〝魔法使い〟に挑戦した……しかし、カンストには四日かかった。

「成長速度は前回と同じくらいだな……たぶん、これ以上は早くならないんだろう」

魔術ランクは――

魔法使い　Ｌｖ９９

【職業スキル】
　魔術　Ｒａｎｋ　Ｂ　→　Ｒａｎｋ　Ａ

獲得〝魔法〟　火魔法（Ⅰ）水魔法（Ⅰ）風魔法（Ⅰ）
　　　　　　　土魔法（Ⅰ）

魔術ランクは〝Ａ〟になった。ここまで来ると魔法はかなり扱いやすくなり、狙った所に撃って思い通りにコントロールできる。

今までは大きな力の塊を相手にぶつける感覚だったが、今は当てる力の強弱や形などを自由自在に扱える感じだ。

〝魔法使い〟はとりあえずこれぐらいでいいかな。

亜空間から職業ボードを取り出し、中から一枚を選ぶ。

「次はコレだな！」

表面をタップし、ステータスを確認した。

第九話　奇跡の日

次は〝僧侶〟になることにした。職業スキルは……。

回復術　Ｒａｎｋ　Ｆ

僧侶は〝回復術〟か…………今まで回復魔法はあまり使ってこなかった。それは自分に〝超回復〟があるので使う必要が無かったのもあるが、もう一つ理由がある。

それは怪我をした猫に回復魔法を使った時、傷は治ったがその後死んでしまったことだ。回復魔法の力加減が分からず、必要以上に魔力を流したせいかもしれない。人間に使うのは怖かったため、今まで使ってこなかった。

だが、この〝回復術〟によって使い方がうまくなれば怪我をした人達を治して回れるだろう。


それからは〝千里眼〟でモンスターを見つけ出し、片っ端から狩っていった。

僧侶になったことで、攻撃魔法の威力が変わるかと思ったけどそんなことはなかった。転職がステータスにプラスになることはあっても、マイナスにはならないみたいだ。

途中、避難所に寄った時、救援に来ていた自衛隊員の会話が耳に入ってきた。

「東京は壊滅状態らしい、他にも、あの気持ち悪い大地がたくさん出てる所は被害が大きいって噂《うわさ》で聞いたぞ」

「そうなのか？　その割には長野は被害が少ないな………化物も見かけるが、しばらくするといなくなるし」

ああ、モンスターが少ないのは俺が狩りまくっているせいだな。まあ悪いことじゃないからいいだろう、それにしても東京は壊滅状態なのか……ここでのレベリングが終わったら行ってみるか。

その後もモンスター狩りに精を出した。

約一週間で〝僧侶〟をカンストする。職業スキルを見てみると――

僧侶　　Lv99

【職業スキル】

魔術　　Rank A

回復術　Rank F → Rank C

獲得〝魔法〟　回復魔法（Ⅰ）×2

「よし、回復術が〝C〟まで行った。これなら魔力の力加減もうまくいくんじゃないかな？」

そう思った俺は、まず怪我をしている動物を見つけて試すことにした。

しばらく探していると足を怪我して動けなくなっている犬を見つけた。どこかで飼われてた犬なんだろう……俺は近づいて犬に回復魔法をかける。

手から光が溢《あふ》れ、痛々しい患部に光が集まっていく。

犬はきょろきょろと辺りを見回した後、何事もなかったかのように元気に走り去っていった。これなら人に対して使っても大丈夫だろう。

さっそく怪我をした人がいる簡易施設の病院に向かった。近くにあった県の病院は地震やモンスターの襲撃で全壊になったようで、今は自衛隊が守る簡易病院で怪我などの手当てをしている。

病院の中に入ると、並べられたベッドの上に怪我をした何人かの患者が寝ていた。被害が少ないとはいえゼロではない。俺が化物を倒しまくっても、襲われる人は確実にいるんだ。

俺の目の前には足に怪我をして歩けなくなっている十歳くらいの女の子がいた。ベッドの上で一人、本を読んでいる、親は見当たらないな…………。

「足は痛いのか？」ちょっとぶっきらぼうな聞き方だったかな。

女の子は不思議そうな顔をして、こっちを見てきた。

「ううん、痛くないよ、お医者さんもしばらくしたら治るって言ってたから」

「そうか、ちょっと手を出してごらん」

俺は回復魔法を使った。女の子の体の悪い部分は手に取るように分かる。足以外にも悪い所があるようだ。

明らかに以前とは違う手ごたえみたいなものを感じた。

「ちょっと！　何やってるんですか⁉」

女の子の母親らしき人があわててこちらに向かって来た。

「やばっ！」

はたから見れば明らかに不審者だったな。俺は時間を止めて退散することにした。次にやるときは〝隠密〟を使うことにしよう。

◇◇◇◇◇◇◇◇◇◇

「大丈夫だった？　何かされなかった？」

「うん、大丈夫だよ」

母親がホッとしていると……。

「お母さん」

「えっ？」

女の子はベッドから降り、立ち上がっている。

彼女は脊髄損傷で医者からは「二度と立つことも歩くこともできない」と言われていた。

その日、長野にあるいくつかの病院で患者が急に回復するという不思議な出来事が起こった。怪我人だけではなく、重い病気の患者も全快したのだ。

この不思議な一日を長野では〝奇跡の日〟と呼ぶようになる。

◇◇◇◇◇◇◇◇◇◇

職業ボードを何枚か取り出し確認する。次の職業を何にするか迷っていた。人を回復させることができたし〝僧侶〟はひとまずいいか………。そんなことを考えていた時、SRの職業ボードでY／Nが表示される物があることに気づく。

〝賢者〟と〝大魔導士〟だ。〝賢者〟は僧侶になる前には表示されていなかったので、恐らく魔法使いと僧侶をカンストしたことによってなることができるようになったんだろう。

〝大魔導士〟も魔法使いが二回カンストした時点ではまだY／Nの表示はなかった。魔術ランクが〝A〟になったことで条件を満たしたと推測している。

当然、次になるのは、この内のどちらかだと考えているが………さて、どちらにしようか。

少し考えた後、ボードの表面をタッチした。

大魔導士　　Ｌｖ１

【職業スキル】

魔術　　Ｒａｎｋ　Ａ

回復術　　Ｒａｎｋ　Ｃ

複合魔術　　Ｒａｎｋ　Ｆ

やっぱり攻撃魔法系を極めたいという思いがあるので〝大魔導士〟を選んだ。

大魔導士の職業スキルは〝複合魔術〟か…………よく分からないが何か強そうだ。

いつものようにレベリングに出かけたが、そこであることに気付く。

「待てよ。〝鑑定〟があって自分のステータスも見えるんだから、この化物も〝鑑定〟できるんじゃないかな？」

俺の鑑定レベルは高い。たぶんできると思いきってモンスターを倒す前に〝鑑定〟を行使する。

アンデッド（下位）
Lv43
HP　282／282
MP　0
筋力　199
防御　86
魔防　140
俊敏　110
器用　7
知力　8
幸運　5

こいつらアンデッドだったのか……ずっとゾンビだと思っていたけど……ん？　ゾンビとアンデッドって何が違うんだろう？　まあいいか。それよりアンデッドなのにＨＰはちゃんとあるんだな。

その後はいつものようにレベリングをしていく。二週間ぐらいアンデッドを倒しまくったが、レベルはカンストしなかった。

ステータスの上昇だけを考えるならＳＲの職業は効率が、かなり悪い。その分【職業スキル】が強力なんだろうが……。

大魔導師の〝複合魔術〟は風・火・水・土魔法に雷を加えた五つの魔法を組み合わせて、より強力な魔法にして撃ち出すものだ。

例えば風と火を組み合わせて爆発を起こす魔法や火と土を組み合わせて溶岩を生み出す魔法など、通常の魔法使いには難しい強力な魔術で敵を倒すことができる。

もっとランクが上がれば〝光〟や〝闇〟の魔法も複合魔術として使えるかもしれないが……。

ある程度アンデッドを倒した後、疲れたので家に帰った。今は自分の家が倒壊したので、半壊して避難指示が出た県内のマンションに勝手に住んでいる。

非常時なんで許してもらえるだろう。


寝ている時、明らかな違和感を覚えて目が覚めた。外はうっすら明るくなり始めた時間帯……。

〝敵意感知〟が反応しているな。こんなことは初めてだ。

〝千里眼〟で上空から周辺を見渡すと、避難所として使われてる小学校からチカチカと小さな明かりが点滅している。

自衛隊が何かに向けて発砲していた。より近くで見ると、今まで見たことのないモンスターが複数、避難所を襲撃しているようだ。

〝千里眼〟ごしに〝鑑定〟を行使してみる。初めてやるが、できるかな？

「おっ！　できた」

アンデッド（上位）
Lv66
HP　670／670
MP　0
筋力　323
防御　172
魔防　406
俊敏　297
器用　8
知力　12
幸運　7

【スキル】

魔法耐性（Ⅲ）

アンデッドの上位か………しかも魔法耐性を持ってる。こんなのもいるのか………。

魔法を使う俺にとっては、厄介な相手だ。だからと言って助けない訳にもいかない。

俺は空間に穴を開け、瞬間移動で避難所に向かった。

◇◇◇

避難所に到着した俺は、すぐにアンデッドの数と位置を確認する。避難所全体に十数体いることが分かった。夜明け直後なので姿は見づらいが、四足歩行で頭は人なのに体は蜘蛛っぽい感じの体長は三メートルはあるアンデッドだ。

「くそっ！　銃弾がほとんど効かないぞ!!」

「向こうにも行ったぞ。住民にも被害が出る！」

銃弾を撃ちながら自衛隊員が後退していた。下位のアンデッドなら銃弾でも倒せるだろうが、上位のアンデッドにはさすがに効かなかったようだ。

アンデッドが自衛隊に襲い掛かり、かぎ爪のような足を振り上げた。

「うわーーーっ！」

「轟雷!!」

いくつかの稲光が二体のアンデッドに降り注ぎ、七~八メートルは吹き飛ばした。魔物は痙攣しながら地面に転がっている。

「大丈夫ですか?」

いつもモンスター狩りをしているときは、〝隠密〟を使ってなるべく周りに気付かれないようにしているが、今はそんなことを言っている場合じゃない。〝隠密〟は自分から攻撃するとその効果が薄くなってしまう欠点がある。

「あっ……あぁ」

自衛隊員は目が点になったような状態で俺の方を見ていた。

先ほど吹き飛ばしたアンデッドがむくっと起き上がり、こちらに向かって来た。いままで倒していたアンデッド(下位)であれば今の一撃で終わっていただろう。

〝複合魔術〟の影響で雷魔法の扱いやすさも向上していた。雷魔法は他の全ての魔法の中でも最も高い攻撃力を持つ。

その魔法を受けて立ち上がって来るとは……この魔物は魔防が高く〝魔法耐性〟もあるせいで魔法が効きにくくなってるようだ。

「ガァーーーーーッ!!」

大口を開けて迫ってくるアンデッドに向かって静かに唱えた。

「複合魔法　〝雷炎《らいえん》〟!!」

強力な雷に撃たれた後アンデッドは激しく燃え上がり、のたうち回っている。

しばらくして完全に動かなくなった。魔法耐性があろうと、より強力な魔法をぶつければ関係ない。

それに……

「〝重力圧殺《グラビティプレス》〟!!」

もう一体の方も簡単に潰れた。重力操作は〝スキル〟であって〝魔法〟ではないので魔法耐性があっても影響ない、重力操作はアンデッドに対しては無双状態だ。

かといってあまり頼りすぎると魔法が上達しないし今後、重力操作が効かない化物が出てくると困るからな……極力、魔法で倒すようにしよう。

外の異変に気づいて、眠っていた避難者がぞくぞく起きて来た。被害者が増えるかもしれないので早めに決着を付けよう。

空に浮かんで高速で他のアンデッドの元に向かう。

「おいっ！　何だアレ、人が空を飛んでるぞ!?」

「化物が襲って来てるのか⁉」

騒ぎになってきたな。まあアンデッドを倒すのにそんなに時間はかからないと思うが………。

◇◇◇◇◇◇◇◇

その日、避難所にいた人達は信じられない光景を目撃する。

大型の化物が避難所に襲撃してきたことも本来は大変なことだが、それ以上に信じられなかったのが、人が空を飛びながら〝魔法〟で化物を薙ぎ払っていたことだ。

何発もの落雷が化物を襲ったかと思えば、幾多の炎の槍が化物に突き刺さる。

化物達は次々と倒れ、動かなくなっていった。

「これ夢じゃなくて現実だよな?」

自衛隊も戦闘をやめ、呆然とその光景を眺めていた。

数体の化物に男が囲まれ、その一体に突き飛ばされていた。ヒヤッとしたが男は平然と立ち上がり、手をかざすと化物はメリメリと音をたて、地面に押し潰されたようにペシャンコになって死んでしまった。

その後も、ひときわ大きな雷が落ちて化物が黒焦げになったかと思えば、強い突風が吹いて気付いたら化物がバラバラに切り裂かれている。

十体以上の化物を倒した男は何も言わず、そのまま飛び去ってしまった。

その光景を見ていた避難民や自衛隊員は今起きた出来事を信じられないまま、男が飛び去った空をただ見つめていた。

◇◇◇◇◇◇◇◇

「あぶない、あぶない！」

油断していた所、接近され吹っ飛ばされてしまった。やはり魔法使い系は近接戦闘が苦手だからな、気を付けないと。

家に帰った後、午後からはいつもどおりアンデッド狩りに精を出し、その日の内に〝大魔導士〟がカンストした。アンデッド（上位）を倒したのが大きかったようだ。

ステータスの上昇はこうなる。

大魔導士　Ｌｖ９９

ＨＰ　１９８／１９８　↓　２４０／２４０
ＭＰ　∞／∞
筋力　１０９　↓　１２２
防御　９４　↓　１０２

魔防　183　→　215
俊敏　107　→　124
器用　109　→　126
知力　293　→　388
幸運　116　→　126

【職業スキル】
魔術　Rank A
回復術　Rank C
複合魔術　Rank F　→　Rank D

獲得〝魔法〟　雷魔法（Ⅰ）×2　風魔法（Ⅰ）×1

SRの大魔導士のステータスは合計で300近く上がっている。でも時間が掛かり過ぎるな、やっぱりカンストする期間を考えるなら、無職が最高に効率がよかったと思う。

だが複合魔術によって雷魔法の使いやすさが上昇し、強力な複合魔法が使えるようになったのは大きい。

これだけステータスが上昇していればモンスターが襲って来ても、遅れをとることはないだろうが……。

大魔導士をカンストしたら東京に行ってみようと思っていたがアンデッド（上位）のような魔物がわんさかいるなら、もう少しレベリングした方がいいのかもしれないな。

後は何の職業のレベルを上げていくかだ。接近戦に弱いので〝戦士〟や〝武道家〟を極めるのもいいだろう。

色々な職業を試していって、何を集中的に鍛えていくか考えるのもいいかもしれない………しかし………どうしても気になることがある。

それは、職業ランクの限界がどこかということだ。〝A〟が限界なのか、それともその上に〝S〟があるのか？〝SSS〟がある可能性もある。

もし〝SSS〟まで上がるなら、どれほど強くなるのか想像もできない。

試してみないと何をどこまで極めればいいのか分からない。性格なのか、とことん極めないと気が済まない所があるからな。

そうなれば現在、職業ランクが〝A〟で最も成長しやすい〝魔法使い〟を極めるべきだ。魔法使いの職業ボードは、まだ七枚ある。

全部、使ってみて職業ランクがどこまで上げるか調べてみよう。

そう考えて魔法使いの職業ボードを取り出し、Yの文字をタッチした。

第十話　邂逅

〝魔法使い〟になってレベルを上げ始め、一週間ほどで二枚カンストさせる。予想通り職業スキルは〝S〟に上がった。

さらに一週間ほどで、また二枚カンストさせたところで、職業スキルは〝SS〟に上がる。こうなれば間違いなく〝SSS〟まであるはずだ。

残り三枚の職業ボードも全て使う。十日以上かかったが、とうとう目標を達成した。七枚の職業ボードを全て使いきり上がった職業スキルは――

魔法使い　Lv99

【職業スキル】
　魔術　Rank　SSS　称号〝魔術王〟
　回復術　Rank　C
　複合魔術　Rank　D

獲得〝魔法〟　風魔法（Ⅰ）×5　火魔法（Ⅰ）×4

水魔法（Ⅰ）×6　土魔法（Ⅰ）×5

魔術ランクがトリプル〝S〟になった。しかも〝称号〟というのが付いたことから、〝SSS〟までが限界値で間違いないだろう。

それにしても称号、〝魔術王〟か……ちょっと気分がいいな。

次の職業は何にするか考えたが、魔術王というのが付いたので調子に乗って〝複合魔術〟をもっと高めてみようと考え、大魔導士にすることにした。

大魔導士なら一度カンストしているので前回の半分の時間でカンストできるので効率はいいだろう。それに一番使い勝手がいい〝雷魔法〟の使いやすさが向上するのも魅力だ。

職業ボードの中から大魔導士を取り出し表面をタッチした。これがカンストしたら、東京に行こう。向こうの方が被害が大きいようだからな……助けを求める人が大勢いるかもしれない。

数日レベリングのためアンデッドを狩りまくっていたが、最近長野県から出て来る魔物だけでなく、関東方面から入ってくる魔物も多くなってきているようだ。

空を飛びながら、魔物を探していると避難所の一つが大勢の魔物に襲われている。長野の外から来た魔物だろうと思い、すぐに救助に向かった。

◇◇◇◇◇◇◇◇

「くそっ！　数が多すぎる……だめだ。何匹か避難所に向かったぞ！」

五十人ほどしかいない仮設の避難所に突然、化物どもが襲って来た。

「子供達を建物の中に入れろ！　絶対に化物を行かせるな!!」

常駐していた俺達自衛隊員が必死になって食い止めているが、相手の数が多すぎて押し込まれている。

特にひときわ大きな化物には何発銃弾を撃ち込んでも効いてる様子が無い。

この避難所はもうだめだ……撤退するしかないが、避難住民をどう逃がすかが問題だ。

自分達だけなら逃げることもできるだろうが避難住民はそうはいかない。まさか自分達だけ逃げるわけにもいかないからな。八方塞がりだった。そんな時……。

ブオオオオーーーッツ!!

一台のジープが何体かの化物を跳ね飛ばしながら、こちらに向かって来た。

「おい！　俺にも銃をよこせ!!」

中から出て来た男が唐突に、とんでもないことを言ってきた。

「いやっ民間人に銃を渡せるわけないでしょう！　何を言っているんだ」

「俺は元自衛官だ！　今はそんなこと言ってる場合じゃないだろう。援護するから銃を渡せ!!」

男のあまりの剣幕に自分の腰にあったオートマチックの拳銃を男に渡した。

「あの大きいのは相手にするな。あれは〝自衛隊殺し〟と言われる化物だ！　それ以外の化物を倒して脱出を考えろ!!」

◇◇◇◇◇◇◇◇◇

後退しながら小さい人型の化物を集中して狙っていく。人型の方は銃で数十発打ち込めば倒すことができるので数を減らすことはできた。

それにしても何してんだ俺は、坂木に頼まれて長野まで噂の〝魔法使い〟を探しに来たのに、こんな所で人助けしてる場合じゃないんだ。

だが女子供もいる避難所が襲われているのに見て見ぬふりはできないだろうな…………坂木の頼みを聞いたのも、こんな所に突っ込んで戦っているのも、損な性格だと心底思う。

俺はもう自衛官じゃない。一般人なんだから逃げ出したって誰も文句は言わないだろうに………。

銃の弾が切れた時、大型の化物が突進して大きな足を振り下ろした。俺と自衛隊員、二人が吹き飛ばされる。

俺の隣に倒れている自衛官、さっき銃を渡してくれた男だ。かなり大量の血を流し動かなくなっている。慌てて、その場を移動しようとしたが足が動かなかった。

自分の足を見ると、右足の膝から下が無かった。

ああ、そうか………俺はここで終わりか………すまんな坂木、お前との約束を守れそうにない………。

「グオオオオーーーーー!!」

大型の化物が雄叫びを上げながら、俺にとどめを刺そうと襲い掛かって来る。

恐怖は無い…………覚悟はできている。

しかし、いくら待っても化物は来なかった。目を開けて、見上げると――

「なんだコレ………!?」

化物は体の上から氷の杭《くい》のようなもので貫かれている。化物は痙攣して、すぐに動かなくなった。

何が起きたのか分からない。

化物ごしに、空に何かいることに気付いた。人が浮いている………？

雲一つない空から何発もの落雷が化物に降り注ぐ。化物は火に包まれ、断末魔の叫び声を上げながら絶命していく。

この時、俺は理解した………。

あれが俺の探していた男…………坂木が、自衛隊員が唯一の希望だと言っていた男だと。

俺は巻き込まれないように這いつくばって移動する。再び振り返り、空を見上げると……。

男は右手を天高くかかげ、周囲に巨大な炎を展開させる。炎はゆらゆら揺れながら少しずつ形を変えて、それは巨大な龍のような形になり上空から流れ落ちるように化物の集団に襲い掛かった。

逃げる時間も無かった化物共は炎に巻かれ、後には灰と骨しか残っていない。

俺は言葉を失っていた………見つめる先にいた男は左手をかかげる。すると周囲からパキパキと何かの音がした。

よく見ると地面や空中に氷の結晶ができ、空中に浮かび上がる。結晶はやがて一つの大きな塊へと

収束していき、どんどん形を変えて今度は氷の龍のような姿になった。こちらにやってこようとした化物どもに向かって、すごい速度で襲い掛《か》かる。

氷の龍に触れた化物は一瞬で凍り付き動かなくなった。さらに上空まで舞い上がった龍は自分の体の鱗《うろこ》を化物に飛ばしていく。鱗は空中で形を変え氷の槍のようになり、化物に突き刺さった。

男は上空で炎と氷の龍を従えながら、ゆっくりと降りて来る。

想像を遥かに超えていた。本当に魔法を使う奴がいるかは半信半疑だったが、いたとしてもここまですごい魔法使いだとは思っていなかった。坂木は長野に化物の被害が少ないのは複数の魔法使いがいるためではないかと考えているようだったが……。

しかし違う。この男が一人いれば充分可能だ。この男を連れて行くことができれば大きな戦力になるのは間違いない。

坂木の希望を、願いを、叶えることができる………。右足を失ったが、後悔はない。

炎と氷の龍が上空へ舞い上がり、急速に降下しながら数多《あまた》の炎と数多《あまた》の氷柱《つらら》に変わり、数体残った化物に向かって降り注ぐ。

炎に当たった化物は爆散したあと炎上し、氷柱《つらら》に貫かれた化物は凍り始め、ピシピシと音を立て粉々に崩れていった。

地上に降りた男がこちらに近づいて来る……化物を倒すことがまるで日常のように平然とした顔をしていた。

「出血がひどいな………大丈夫か？」

「ああ………俺のことはいいんだ………それより、あんたに頼みがある」

「頼み？」

「あんたのことをずっと探してた」

「探してた？　俺を？」

「ああ、あんたに………」

「待った、待った。その前に………」

◇◇◇◇◇◇◇

傷だらけの体を治そうと手をかざし〝回復魔法〟を発動する。手から温かい光が溢《あふ》れ男の体を包んでいき、血は止まって傷口は急速に閉じていく。だが今の回復術のランクでは欠損部までは元に戻すことはできない。

「すまない………傷は治せるが、足までは元通りにできない」

俺が申し訳なさそうに言うと、怪我をしていた男は笑いながら明るく応えた。

「何言ってる。傷を治してもらっただけでも充分だ。それにしても、アンタすげーな、傷まで治せるなんて」

この人は褒めてくれるが、もっと回復術のレベルを上げておけば治せたかもしれない……そう考えると職業の選択を間違えたんじゃないのか？　どうしてもそう思ってしまう。

「俺の名前は清水統志郎《しみずとうしろう》、元自衛隊員だ。あんたの名前を聞いてもいいか？」

「五条将門《ごじょうまさかど》だ」

「五条さんは、いつも人を助けて回ってるのか？」

「自分が助けられる範囲でだけどね…………」

◇◇◇◇◇◇◇◇

この人なら助けに来てくれるかもしれない……そう思った俺は意を決して頼むことにした。

「俺は岐阜から来たんだ。五条さんに助けてもらいたい！　俺と一緒に岐阜の自衛隊基地に来てくれないか？」

「岐阜？」

「東京が壊滅したことは知ってるか？　五条さん」

「それは聞いてるけど……」

「その後、政府の中枢機関や関東の人間が大阪に避難したんだけど関東にいた化物どもも関西を目指して大量に向かって来てるんだ」

「化物達も？」

「それを迎え撃つため岐阜と愛知の自衛隊で防衛線を作ってるんだが、とても持ちそうにない」

◇◇◇◇◇◇◇◇

そんなことになってたのか…………。今の日本の状況なんて、ほとんど知らなかったしな。自衛隊や避難民はある程度情報を知ってるだろうけど、俺は魔物を狩りまくるのに精一杯で、ちゃんとした情報を収集してこなかったからな。

「俺は岐阜基地の自衛隊員から頼まれてここに来た。数万から数十万の化物を相手にすれば数日ももたないと聞いている。そんな時、あんたの……五条さんの噂を聞いたんだ」

「噂になってんの？」

「ああ………すごい魔法使いってな」

ＳＮＳが普通に使えるのなら噂が広まるのも早いだろうが………こんな状況になっても噂なんて広がるもんなのか、ちょっと不思議な感じもする。

「分かった、助けに行こう！　俺で役に立つなら力を貸すよ」

「本当か!?　ありがとう。助かるよ」

清水さんは安堵した表情になり、明るく笑ってくれた。

「そうと決まったら、さっそく行こう。近くに俺の車が止まってるんだ。まあ足は一本無くしたが運転には支障ない。すまないが、肩を貸してくれないか」

「いやっ。その必要はないよ」

「え？」

◇◇◇◇◇◇◇◇

五条さんは俺の手を取った。

「このまま行こう！　岐阜なら時間はかからないから」

そう言うと俺と一緒にフワリと浮き上がる。まるで体重が無くなったようだ。テレビで見たことのある無重力空間での浮遊のような、そんな感覚になった。

「うわあああああーーーっ!!」

ものすごいスピードで空を駆け抜ける。俺の不安も焦りも全て置き去りにするかのように——

Status of Hero

Name 五条将門／Job 魔法使い／LV 99

HP	387／387
MP	∞／∞
筋力	828
防御	546
魔防	606
俊敏	302
器用	245
知力	1100
幸運	26400

【固有スキル】
時空間操作
無限魔力
重力操作
女神の加護
全状態異常耐性
結界防御
超回復
剛力無双
神眼

【魔法】

風魔法	（XⅧ）
火魔法	（XⅦ）
土魔法	（XⅨ）
水魔法	（XⅧ）
雷魔法	（XⅣ）
光魔法	（Ⅶ）
闇魔法	（Ⅸ）
召喚魔法	（Ⅹ）
強化魔法	（Ⅷ）
回復魔法	（Ⅹ）

【スキル】

鑑定	（Ⅷ）	隠密	（XⅡ）
空間探知	（XⅣ）	俊敏	（Ⅸ）
筋力増強	（XⅠ）	精密補正	（Ⅷ）
千里眼	（Ⅵ）	威圧	（Ⅷ）
魔力強化	（Ⅶ）	演算加速	（Ⅷ）
寒熱耐性	（Ⅷ）	念話	（Ⅷ）
物理耐性	（Ⅷ）	敵意感知	（Ⅹ）
魔法耐性	（Ⅹ）	模倣	（Ⅵ）
魔法適性	（XⅡ）	精神防御	（Ⅶ）
成長加速	（XⅠ）	加護	（Ⅸ）

【職業スキル】

魔術	Rank	SSS	称号“魔術王”
回復術	Rank	C	
複合魔術	Rank	D	

※魔法使いカンスト時――

第三章

日本奪還編

第十一話　滅亡の淵

九月十一日、午後四時十八分。岐阜県各務原市《ぎふけんかかみがはらし》、自衛隊が関東から来た化物と交戦状態になってから二日がたっていた。

この戦いは岐阜県の各務原市、愛知では一宮市《いちのみや》、稲沢市《いなざわ》、名古屋市に防衛線を引き陸上自衛隊、第10師団を擁する名古屋市守山駐屯地に参謀本部を置く形で行われた。

事実上の最終防衛線である。

突貫工事で造られた防壁の上に俺はいた。

「桜木1曹、あと何日持ちそうだ？」

「ハイ、銃弾はまだありますが、魔鋼鉄の武器を持ったチームは全滅しました。数も少なかった魔鋼鉄の弾丸も全て使い果たしています」

通常の弾丸がいくらあっても戦いが好転することはない。

〝厄災の日〟以降、化物を倒すため自衛隊は戦車や戦闘機、戦闘ヘリのアパッチなど持てる武器をありったけ使い化物を迎え撃った。

数を減らすことはできたが、地中からわらわらと溢《あふ》れ出してくる化物に対しては意味がなく、単に弾薬を大量に消費しただけだった。

もっと武器を効率的に使っていれば、この防衛戦も少しは違っていたかもしれない……いや、ただの気休めだな。

「岐阜、愛知にいた避難民を関西に送り出すことはできた……だが俺達が撤退したら、そのまま化物が関西になだれ込んで来る」

「私達……無駄死にするんですかね…………引くことも、迎え撃つこともできなくて結局、化物は関西に行ってしまいます」

桜木は〝鑑定〟の能力を得てから俺の補佐をしてもらっている。彼女は相手の職業とレベルが見えることから戦闘チーム作りにたずさわってくれていた。

実際、魔鋼鉄の武器を持ったチームを作る際、〝戦士〟や〝武道家〟といった職業でレベルの高いものを集めて構成している。

事実、序盤においては善戦していた。魔鋼鉄の武器で切り込み、周りを銃撃部隊で補助する形だ。しかし、相手が多すぎる…………一日目の夕方には力尽き、次々と倒れていった。それに対して化物は眠ることがない、昼夜問わず襲って来る。

自衛隊員は不眠不休で戦っている……三日目………今日が限界だろう……。

◇◇◇◇◇◇◇◇

大阪府堺市、仮設の首相官邸――

「総理……岐阜、愛知はもたないようです。ここも避難する準備を始めなければなりません

「………」

「どこに逃げろと言うんだ………もう日本に逃げる場所なんてないだろう！」

「韓国やフィリピン、インドネシアは比較的被害が少ないので一時的な避難の打診をしています」

「国民を残して政治家だけが逃亡して………その先に未来があるのか………？　国民になんと言い訳すればいいんだ⁉」

内閣総理大臣の多田俊樹《ただとしき》は絶望的な思いで官房長官の報告を聞いていた。

「この災厄を乗り越えたとき、指導する方がいなければなりません。ご決断を！」

◇◇◇◇◇◇◇◇

「押し返せーーーっ‼　持ちこたえろ！」

「だめだ！　突破されるっ‼」

防壁やバリケードが破られるのも時間の問題だ………ここにいる自衛官の全員が、もうダメだと言うことは理解しているだろう。

それでも戦い続ける彼等に報いてやることができないのが、残念だし情けなかった………。

「万雷《ばんらい》‼」

その刹那、空が瞬いた――

目を開けられないほどの光が周囲を覆《おお》う。

同時に数えきれないほどの無数の稲妻が化物達に降り注ぎ、自衛隊と交戦していた化物が次々と絶命していく。不思議なことにあれだけ多くの雷が落ちたのに自衛隊員には当たっていないようだった。

「何が起きたんだ!?」

防壁の前にひしめき合っていた化物が、少なくとも数千体は死んでいる。改めて空を見上げると、そこには何かが浮かんでいるように見えた。

「あれ何でしょう…………？　飛行する化物でしょうか？」

「いや…………あれは…………」

防壁の上にいた数人の自衛隊員が空に向けて銃を構える。それを俺は手で制した。

「待て！　あれは…………」

人が二人連なって飛んでいるように見えた。一人の服装は清水が着ていたものに似ている。

「まさか…………」

◇◇◇◇◇◇◇◇

清水さんの案内でここにやってくると、基地が襲われていたので自衛隊の人達を援護することにした。

〝万雷〟は広範囲殲滅魔法だ。大量の敵を命中率重視で撃ち倒すものなので威力は低くなる。中位以上の魔物は一撃では倒せないだろう。とりあえず、この人を安全な所に降ろさないと……。

「清水さん！　下に降ろします」

比較的安全そうな防壁の上の自衛隊員がいる所に清水さんを降ろすことにした。

ゆっくり降りていくと防壁の上にいた自衛隊員が目を丸くしている。

「すいません、この人をお願いします！」

「ああ……はい………」

俺は再び飛び上がり、生き残った魔物（上位種）に向かって魔法を放つ。

「複合魔法・雷炎！」

強力な雷に撃たれた魔物は炎上し絶命していく。

◇◇◇◇◇◇◇◇

「清水‼」

少し離れた防壁から駆け付けて、清水に向かって大声で叫んだ。

「おう！　まだ生きてたか………約束通り連れて来たぜ」

「お前………」

清水は座りこんでいたが、その右足が無かった。体に傷は無いように見えたが着ている服は血だらけだ。

「お前、そんなになってまで約束を守ってくれたのか………」

「しみったれたこと言うんじゃねーよ！　でっかい貸しにしておくからな」

「ああ、一生かけても返しきれないほどだ………」

二人で空を見上げた。

「あの人がそうか………」

「ああ、想像以上だったがな」

「桜木！　〝鑑定〟できるか？」

近くに来ていた桜木に上空で戦っている〝魔法使い〟の鑑定を依頼した。

「はいっ！」

桜木が鑑定を発動すると――

「見えました！　〝大魔導士〟レベルは８８です」

大魔導士………聞いたことのない職業だ。自衛隊員をかなりの人数調べたがそんな職業の者も、そんなに高いレベルの者もいなかった。

「あの人なら…………」

今まで抱くことができなかった希望を、俺は持ち始めていた。

◇◇◇◇◇◇◇

〝空間探知〟でおおよその魔物の数と位置を把握する。大量に魔物が向かってくる場所に移動して迎え撃つ。

「複合魔法〝破砕旋風《はさいせんぷう》〟!!」

巨大な二本の竜巻が大勢の魔物を飲み込み始める。ただの竜巻ではない。竜巻の中には尖《とが》った岩が無数に含まれ竜巻に入ったものをズタズタに引き裂いていく。

この辺りにいる魔物は吹き飛ばせるが、数十キロメートルに及ぶ防壁やバリケードを突破されると後々やっかいだ……そう考えた俺は――

「火炎防壁!」

数㎞に及ぶ炎の壁が出現する。それに触れた魔物達は炎に巻かれてのたうち回っていた。

「今が曇りなのは、丁度いいな」

そう言って空に手をかかげ、魔力を集中した。上空にある水分が小さな氷へと形を変えていく。

「氷弾連雨《アイスバレット》!!」

空から数えきれない氷の矢が弾丸のように降り注ぐ。その矢を受けた魔物は体が爆《は》ぜ、一瞬で凍り付いた。

魔法の威力は充分あり、一つの魔法でかなりの数の魔物は倒せているが、いかんせん数が多すぎるな……。

より強力な複合魔術を叩き込まないと埒《らち》があかない。いくつか試してみるか。

魔物が多く密集している所まで飛んでいき、〝火魔法〟と〝土魔法〟を使った複合魔法をイメージした。

「灼熱溶岩流《しゃくねつようがんりゅう》!!」

大量にいる魔物の足元の地面が赤く融解していく。足を取られ身動きが取れなくなってもがき始めているが、もう遅い。

アンデッドを次々とマグマに飲み込み数千の個体が消えていく。これだけ大量の敵を葬るには魔法が打って付けだ。〝重力操作〟は強力だが範囲が限られるからな。

魔物を倒していく中で、あることに気付く。

「あっ！　大魔導士のレベルがカンストしてる」

さすがにアンデッド（上位）を含めて倒しまくっていたので大量の経験値が入っていたようだ。

職業スキルは……

【職業スキル】
　複合魔術　Ｒａｎｋ　Ｄ　↓　Ｒａｎｋ　Ｂ

獲得〝魔法〟　雷魔法（Ｉ）×３

よし！　〝Ｂ〟にまで上がってるな。

さて、次になる職業は決めている。〝僧侶〟だ。回復術を極めたい。清水さんの足を治せなかった時、心に引っ掛かったものがあった。

今も取れないこの引っ掛かりを取るには回復術を極めて清水さんを治すしか方法はない。

アイテム・ボックスとして使っている空間から職業ボード〝僧侶〟を取り出し、表面をタッチする。

俺はレベルを上げるべく、まだ残っているアンデッドに向かっていった。

◇◇◇◇◇◇◇◇

愛知にいる陸上自衛隊員はその日、自分達の目を疑うことになる。

山のように押し寄せる化物に敗退寸前になっていた時、一人の自衛隊員がたまたま空を見上げると、高速で接近する鳥のようなものが目に入った。

最初は鳥型の化物かと思ったが、その鳥は巨大な炎で化物を焼き払いながら飛んで行く。

よく見ると、それは鳥などではなく人間だった。人が空を飛び、化物を炎や氷で攻撃して回っている。

大勢の自衛隊員の前で、その人間は異常な魔法の数々を使っていた。

「なんだアレ!?」

「こっちに来るぞ！　敵か？」

「化物を蹴散らしていくぞ!?　どういうことだ？」

その男が手を振ると強風が巻き起こり、吹き飛ばされた化物はバラバラに切り裂かれていた。炎を起こせば巨大な竜の姿になり、化物を焼き払う。

地面が揺れて地中から岩の竜が現れ、強力な顎《あご》で化物を次々とかみ砕いていく……さらに銀色に輝く氷の竜が現れ、化物を凍らせていった。

「複合魔法──爆炎弾──！」

至る所で巨大な爆発が起こる。まるで空襲を受けたかのように化物は吹き飛んで行く。通常の爆薬では効果が弱く、ここまで化物を簡単に吹き飛ばすことはできないはずだった。

明らかに通常の爆発ではない……。

数万といた化物がどんどん数を減らしていく。四足歩行の通称〝自衛隊殺し〟と呼ばれる化物もその男が手をかざせばメリメリと音をたてて潰れていき、逃げ出そうとすれば炎を纏ったような赤い稲妻の一撃で即死していく。

◇◇◇◇◇◇◇◇

名古屋、陸上自衛隊参謀本部――

陸将補の長谷川《はせがわ》は部下の報告に混乱していた。

「空を飛ぶ男が魔法を使って化物共を殺していってる⁉　何を言っているんだ貴様は！」

あまりの部下の間の抜けた報告に語気を荒げた長谷川は窓を開け、戦場になっている空域を見た。

その瞬間――

カッ！

目も眩むほどの光を放つ稲妻が雲全体に走り、遅れて地鳴りのような轟音が響きわたる。

その厚く覆われた雲の中から一本の糸が下に垂らされるように、金色の何かが地上に向かって伸びていった。

「何だ！　あれは⁉」

◇◇◇◇◇◇◇◇

多くの自衛隊員が見守る中、地上まで到達した金色の光は全容を現す。

それは体に稲妻を纏った水の龍だった。中国の伝説に出てくるような、細長い見た目をしている。

近くで見ると、その巨大さに圧倒された。

龍は地上を凄まじい速度で蛇行しながら移動し化物達を飲み込んでいく。その龍に触れただけでも化物は吹き飛び、二度と起き上がることはない。

あまりの出来事に、ただ呆然として見ているしかなかった自衛隊員を尻目に〝黄金の龍〟は化物達を蹂躙《じゅうりん》していった。

◇◇◇◇◇◇◇◇

うまくいったようだ……大量の魔物を倒すために編み出した〝複合魔法〟。

——水雷世界龍《ヨルムンガンド》——

初めて使った魔法だが、上空に雨雲があったおかげで威力は上々だ。

十数万の魔物を倒してる間に僧侶のボードは何度もカンストした。その度に新しい僧侶の職業ボードを使い、結局五枚のボードを使い切ることになる。

「いやーいい経験値稼ぎになったな」

自分の職業スキルを確認する——

僧侶　Lv99

【職業スキル】

　魔術　Rank SSS　称号〝魔術王〟

　回復術　Rank C → Rank SS

　複合魔術　Rank B

獲得〝魔法〟　回復魔法（I）×7

回復術のランクが〝ＳＳ〟までいった。これなら大抵の傷は完全に治すことができると思う。

あらかた魔物は倒したので、もう危険は無いだろう……。そう思って、清水さんがいる所まで戻ることにした。この回復術の力を早く使ってみたかったからだ。

第十二話　危険な存在

その情報は大阪にある仮設の首相官邸にも、衝撃を持って伝えられた。

「本当なのか？　岐阜と愛知に迫っていた化物達が全滅したというのは………？」

「詳細は分かりませんが、全滅は間違いないそうです」

統合幕僚長の言葉に、信じられない様子の総理と官房長官を横目に幕僚長の林田《はやしだ》は続けた。

「現場の自衛隊員の話では突然、空を飛ぶ男がやって来て〝魔法〟を使い、一人で化物を倒したと聞いています」

◇◇◇◇◇◇◇

【岐阜基地・空将補　山本】

その報告に耳を疑った。

「魔法を使う人間だと？　本当にそんなものが現れたのか!?」

確か、坂木がそんなことを言っていたが…………バカな………そんな人間がいるはずがない、いるはずが………。

◇◇◇◇◇◇◇◇

「戻ってきたぞ！　おーい、こっちだ」

清水が勢いよく手を振っている。五条と名乗るその男はここから飛び立って、二時間弱で帰って来た。

ここから名古屋まで化物は十万近くいるはずだ………もしもそれを、この短時間で倒して来たなら、間違いなく、この人は化物以上の化物だ。

清水は彼を信頼しているようだが、俺は正直怖い………畏怖と呼ぶべきか、恐らくそう感じているのは俺だけではないだろう。

「清水さん、知り合いの方ですか？」

「ええ、五条さんを探してくれと頼んできたのがこの坂木です」

「ああ、あなたが………」

「初めまして、航空自衛隊・1等空佐の坂木です。助けていただいてありがとうございます。あなたの噂を聞いて、この清水にどうしても探してほしいと無茶な頼み事をしました。お会いできて光栄です」

「なっ！　固いやつだろう。気にしないでくれ」

ハハハッと笑う清水の元に、五条さんが近づいていった。

「清水さん、手を貸してもらえますか」

「手？」

清水の差し出した手を取り、そこに何か力を込めたように見えた。

「何だ？」

「コレは…………!?」

光の粒子が溢《あふ》れ出し、暖かい光が清水を包み込む。

無くなったハズの足に光が集まり、清水の右足を再構築していく…………少し細いが元通りになった足がそこにあった。

「嘘だろ!?　足が…………足が元通りになったのか？」

「こんなことが…………」

そこにいた人間全員が唖然となり、目の前で起こる現実をただ見つめることしかできなかった。

◇◇◇◇◇◇◇◇

大阪――。

緊急に大臣が招集され、関係閣僚会議が行われていた。

ここでは化物を倒した〝魔法使い〟五条の処遇をめぐって意見が分かれていた。

「彼のおかげで今、我々はこうして日本にいることができているんだ。当然、英雄として扱うべきだろう！」

首相の多田は日本人の中から、そんな力を持つ人間が現れたのなら誇りに思うべきだと考えていた。

本人が望むかどうか分からないが、あらゆる表彰をしてしかるべきだと。

だが意見を求められていた統合幕僚長や防衛大臣の考えは違っていた。

「冷静になって下さい。そんな巨大な力を持つ者が、そもそも本当に日本人なのか、いえ人間なのかも分からないんですよ」

「仮に日本人だとしても、突然、一軍を超えるような力を持った者を簡単に許容するのは危険すぎます」

「しかしだな……」

なおも食い下がろうとする総理に、防衛大臣は冷静に言い放った。

「我々にとっては化物を超える脅威であると言うことです、何らかの対策は必要でしょう」

◇◇◇◇◇◇◇◇

俺は怪我をした自衛隊員を集めてもらい広範囲の回復魔法を掛ける。回復魔法の精度や威力が大幅

に上がっていたため、重症の隊員も問題なく治すことができた。

手足を欠損した人は個別に魔法を掛ける。光が溢《あふ》れ手足が元に戻ると隊員から感嘆の声が上がった。

「すごい……これが魔法か……」

「傷が、あっと言う間に治ったぞ!!」

さすがに全員の治療にはかなりの時間が掛かったが、なんとか治すことができた。多くの自衛隊員から感謝されたのは生まれて初めて感じる嬉しさがある。

◇◇◇

あらかた怪我人の治療が終わった頃、一人の女性に声をかけられた。

「あ、あの五条さん……質問があるんですが、いいでしょうか？」

「え？　あっハイ……」

この子は確か坂木さんのとなりにいた……。

「桜木といいます、私は〝鑑定〟という能力を使って特殊な能力を持つ人達を色々見てきました……でも、五条さんほど強い人は見たことがありません！　なんと言うか……桁が違うというか次元が違うというか……どうしてそんなに強くなれたんですか!?」

「えっ？」

唐突にそんな質問されてもな……。

「それに五条さんを最初に見かけた時、〃大魔導士〃という職業だと鑑定したんですが、今は〃僧侶〃になってますよね。どうして変わってしまったのか気になってしまって……」

マズい……鑑定されてたのか、たぶん正確なステータスはレベルの差があるから分からないと思うけど、俺の他にもスキルを持つ人間がいたんだな。

「教えて下さい！　お願いします!!」

「ええっと………それは………」

真っすぐな目で純粋に聞いている………どうしよう………まさか突然現れたガチャに給料突っ込んで強くなりましたなんて言ったら頭のおかしい奴だって思われるだろうし………う〜〜ん。

「それは――……その、なんというか〃運命的な感じ〃で……こう……たまたま強くなったっていうか………」

ああヤバイ……意味不明な言葉しか出てこないぞ。

「運命………」

「おーい！　五条さん、こっちに来てくれ！　大阪から、あんたに会いたいって自衛隊のお偉いさんが来てるんだ。案内するよ」

「あ、ああ、ハイ！　ちょっと呼ばれてるんで行ってきます」

良かった……うまく伝える語彙力《ごいりょく》が俺には無いからな………桜木さんは俺に何か言いたげだったが、逃げるようにその場を去った。

◇◇◇

俺に会いに来たのは統合幕僚長の林田という男だった。

「初めまして、あなたが五条将門さんですね。この度は自衛隊に多大なご助力をいただいたそうで誠にありがとうございます。大阪にいる総理からも感謝の意を預かっております」

「人を助けるのは当然のことですから、気にしないで下さい」

「そう言ってもらえると、とても助かります」

林田さんに席を勧められ、俺と清水さんの向かいに幕僚長の林田さん、そしてこの岐阜基地の責任者と名乗った山本という人が席に着いた。

「五条さんの〝魔法〟ですか……これに助けていただいたのは間違いないのですが、現在とても難しい状況になっておりまして……」

「どういうことでしょうか？」

「今までは緊急事態ということで〝魔法〟という、ある種の武力を行使されていたことは〝やむを得ない〟行為となるので問題ありませんが、今後、魔法を行使すると法的な問題になる可能性があります」

法的な問題と言われてもピンとこなかったが、林田さんは話を続けた。

「我々としては五条さんにご迷惑をお掛けしたくないものですから、できれば政府の方で結論が出るまで魔法の使用を控えて頂きたいと思いまして……」

「そうですか……分かりました。みなさんにご迷惑をお掛けする訳にもいきませんからね」

「ご理解いただき、ありがとうございます。お疲れでしょう、基地の施設にお休みになる場所を用意しておりますので、どうかお越しください」

◇◇◇◇◇◇◇◇

幕僚長の林田と別れた後、俺は五条さんを宿舎に案内していた。

「五条さん！　腹が立たないのか、あいつら体《てい》よく五条さんを扱おうとしてるんじゃないのか!?　もっと怒っていいと思うぜ」

「清水さん」

俺は頭にきていた。この窮地を救ってくれたのは間違いなく五条さんだ。それなのに魔法を使用するなと言い始めている。自分達、自衛隊のメンツが潰されたと思ってるんじゃないのか？

「かまわないよ……自衛隊の人と揉める気はないからね」

五条さんはそう言うが俺は今後、悪い方向に進まないか、それが気がかりだった。

◇◇◇◇◇◇◇◇

「ちょっと待ってください。事実上の軟禁状態にすると言うことですか!?」

「そうだ。本人には、なるべく気づかれないようにしろ」

坂木は山本の言葉が信じられなかった……壊滅寸前の自衛隊を、日本を助けてくれた恩人に仇で返すようなものだ。

「なぜです？　そんなことをする必要がどこにあるんですか？」

「よく考えろ坂木！　あれほど巨大な力が暴走したら誰にも止められなくなるんだぞ!!　我々自衛隊が管理しコントロールすると言うのが政府の考えだ」

「コントロール？」

「じきに大阪で臨時国会が開かれて〝魔法〟に関する法律が制定される見込みだ。そうなれば魔法を使うこと自体、違法となる。我々の許可がなければ使えないと言うことだ」

「こんな世界になって法律にどんな意味があるんですか？」

「もしも奴が暴走した場合、坂木！　お前が対処するんだ。これを使え…………」

山本が取り出したのは、木箱に入った銃弾だった。

「魔鋼鉄で造られた銃弾だ。何人かの隊員にはすでに持たせてある、最悪の場合はこれを使って対処しろ！　所詮は人間だ、至近距離から撃たれれば無事ではすむまい」

坂木は絶句し、その場で凍り付いた。

第十三話　絶望の足音

五条が岐阜基地に逗留《とうりゅう》してから五日、大阪では魔法禁止法案が緊急事態基本法により、正式に可決された。これによって法律上魔法を使用した場合、十年以下の懲役が科されることになる。

「坂木！　どうなってんだ……これから五条さんを中心に自衛隊が協力して日本の奪還ができるかもって思ってたのに、これじゃ政府の方が足引っ張ってるんじゃないのか⁉」

「俺に言ったってしょうがないだろう！　俺だって納得はしてないんだ‼　上には何度も抗議した」

「まだ五条さんには法案のことは伝えてないんだろ。お前が伝えるのか？」

「いや、山本空将補が伝えることになってる。今後は自衛隊の管理下で五条さんを戦わせるつもりなんだ」

「うまくいくと思ってんのか？　彼は自衛隊員じゃないんだぞ。戦いを強制なんてできないし、もしも怒らせれば自衛隊に協力してくれなくなるかもしれない」

◇◇◇◇◇◇◇◇

山本さんから魔法禁止法案の話を聞いた俺は寝室のベッドに横になりながら、今後どうするか考えていた。

山本さんが言うには政府の正式な許可が下りて自衛隊の指揮下であれば魔法を使った戦闘は可能だと言う。

できれば、すぐにでも魔物が溢れてるという福岡や東京に行って戦いたいが、政府や自衛隊と軋轢《あつれき》を生むのも良くないと思ってるしな。

どうなるか、しばらく様子を見るか………そう考えていた時――

「んっ？」

何か違和感を覚えた。かなり遠くの方からだ。

「これは大阪か……？」

〝敵意感知〟の能力が僅かに反応しているようだった。

◇◇◇◇◇◇◇

午前0時、それは大阪市の中心で起こった。

夜の闇の中、細い亀裂のような光が走る。光は輪になって、次第に大きくなっていき地上十メートルの地点でクルクルと回っている。

光の輪の内側には何かの文字が書かれているように見えるが誰も読むことはできない。

大阪市には元々いた住民と避難してきた難民で人口は溢《あふ》れかえっていた。その大阪市の各地に合計五つの光の輪が現れ、その中からゆっくりと巨大で浅黒い体躯が姿を現す。

官邸に一報が入ったのはその直後だった。

「総理！　起きてください。緊急事態です!!」

眠りに就いていた総理の多田は、ＳＰにたたき起こされることになる。

「化物が大阪の市内に現れ、現在、自衛隊と交戦中です。すぐに避難の準備を!!」

「……ここから避難しなければならないほど状況が悪いのか?」

「かなり苦戦を強いられているそうです。ここも戦場になるかもしれないと」

「だったら避難より先に岐阜基地にいる五条に救助要請を――」

そう言いかけた総理は、窓の向こうに今まで見たことも聞いたことも無い、巨大な化物がいることに気付いた。

「なっ!　なんだアレは!?」

化物は巨大な口を開け、この世の物とは思えない咆哮で仮設の首相官邸を吹き飛ばす。

◇◇◇◇◇◇◇

〝千里眼〟で大阪の上空から様子をうかがった時、異様な魔物の姿が目に入った。

「あれは……」

〝鑑定〟でその魔物のステータスを確認する。

ドラゴンゾンビ
アンデッド(最上位)
Lv98

ＨＰ　１０２８
ＭＰ　６４６
筋力　８２２
防御　５６２
魔防　１４９６
俊敏　２３０
器用　１８
知力　７２
幸運　１６

【スキル】

　魔法耐性（Ｖ）

これはヤバイ……人間が勝てるレベルじゃない。

瞬間移動ですぐに向かおうと思ったが、勝手に行くと問題になるかもしれない。

そう思って部屋を出て、山本さんや坂木さんへ知らせてから大阪に行こうとしたが、警備をしていた自衛隊員に呼び止められた。

「どこへ行かれるのですか？」

「山本さんか坂木さんに緊急で知らせることがあるんだが」

「夜も遅いので明日でよろしいのでは？」

「緊急なんだ」

「分かりました。では呼んできますので少々お待ち下さい」

そこから二十分近く待たされた。いや、こんなことをしてる場合じゃないんだが……。

「どうしたんだね。こんな夜遅くに」

やって来たのは山本さんだった。もう寝ていたのか、あからさまに不機嫌そうな表情で話しかけてくる。

「大阪が強力な魔物に襲われている。すぐ助けに行かないと！」

「そんな報告は受けておりません。そもそもどこから入って来た情報ですか？」

「説明するのは難しいですが、そういう能力があると考えてくれれば。俺は行きますんで坂木さんにも伝えておいて下さい」

そう言って行こうとすると警備していた自衛隊員が立ちはだかってきた。

◇◇◇◇◇◇◇◇

「勝手な真似《まね》をされては困ります。政府の許可なく魔法を使うことは法律で禁止されたのはご存じでしょう！　場合によっては国家反逆罪に問われることもありえるんですよ」

「今は、そんなこと言ってる場合じゃない！　大勢の人が危険に晒《さら》されてるんだ。すぐに行かないと」

「あなたの妄想ですよ。もし本当に大阪が襲われているんなら官邸から連絡が来ています」

「官邸は、襲撃されてメチャメチャになってるよ！　連絡どころじゃないはずだ」

「大阪にも大勢の自衛隊員がいる！　簡単に潰されるようなヤワな部隊はいませんよ!!」

五条が山本と口論していると、慌てるように坂木が入って来た。

「どうしたんですか？　五条さん、何かあったんですか!?」

「坂木さん！　大阪が魔物の襲撃を受けてる。今から行こうと思ってるんだが……」

五条は困ったように山本の顔を見た。

「そんな報告は来ていない！　とにかく五条さんには勝手な外出は控えて頂きたい。後々問題になっても困りますからな」

坂木は困惑したが、五条が嘘をついているとは思えない。

「そんなに切迫した状況なんですか？」

「かなり悪いと思う……」

「……わかりました、行って下さい。責任は自分がとります」

「なっ、勝手なことを言うな！　お前に責任がとれる訳なかろう!!」

山本は見るからに頭に血がのぼっている。強い口調で坂木を叱責したが坂木は意に介するつもりはないようだった。

「五条さんの言うことを信じます。大阪を市民を助けてあげて下さい！」

「ありがとう。行って来るよ」

「何を言っているんだ！　この宿舎から出ることは認めない。それでも出ようとするなら力づくでー
………」

山本がそう言おうとした瞬間…………すでに五条は消えていた。唖然とする山本を尻目に坂木は思った。

頼みましたよ五条さん――

◇◇◇◇◇◇◇

瞬間移動で大阪市の上空に来ていた。〝千里眼〟で見える範囲であれば正確に移動することができる。

ビルの屋上に降り立った俺は眼下の光景を見下ろす。ドラゴンゾンビによって町は予想以上に被害を受けていた。

魔物は表面が腐敗したおぞましい姿をしている。〝敵意感知〟の反応だと計五体いるようだ。

自衛隊も戦車や軍事ヘリによって必死の抵抗を試みているが、まったくと言っていいほど魔物にダメージを与えることができていない。

ドラゴンゾンビが放つブレスは広範囲にわたって被害を出し、ブレスの瘴気《しょうき》にあてられるともがき

ながら皮膚が青紫になって人々は次々と倒れていく。

亜空間を開いた後、時間を止めて〝僧侶〟の職業ボードを取り出し、表面をタッチした。

このドラゴンゾンビを全て倒せば僧侶をまたカンストできるかもしれない。

職業スキルも、もう少しで〝SSS〟だからな……。

時間を動かし、真下にいる魔物を倒すため全力で魔法を放った。


「轟雷!!」


激しい落雷がドラゴンゾンビに襲い掛かる。

魔物は、けたたましい叫び声をあげていた。プスプスと音を立て、表面は焦げているようだったが絶命するには至らない。

「ギュウアーーー!!」

やはり魔法防御が高いうえ、〝魔法耐性（V）〟のスキルがあるので魔法は効きにくいようだ。

地上に降りた俺に、ドラゴンゾンビが強力な瘴気《しょうき》のブレスを吐きかけてきたが、俺には〝全状態異常耐性〟があるため、まったく効かなかった。

俺が問題なく近づくと、今度は衝撃波を伴う咆哮を放ってきた。周囲の建物や電柱は吹き飛んだが〝結界防御〟で全て防ぐことができる。

「重力圧殺《グラビティプレス》!!」

ある程度、近づいてからアンデッド系には効果絶大な〝重力操作〟を使って攻撃した。

予想通り、メキメキ音を立てて地面に崩れ落ちる。しかし――

「なっ!?」

崩れ落ちた骨や肉が浮かび上がって、元通りに再生していく。

「なんだコレ!? こいつらの能力なのか？」

おかしいな………鑑定で見たスキルには〝魔法耐性（V）〟しか無かったはず………なんでこんな能力を持ってるんだ!?

「まあいいか………土魔法・石槍陣《せきそうじん》!!」

ドラゴンゾンビの周りから岩でできた巨大な杭のような物が地中から魔物の体を突き刺す。

「これで動けないいな………。跡形もなく滅殺する。〝複合魔法・火炎旋風〟!!」

岩に拘束されている魔物は炎の竜巻により、体を引き裂かれながら焼き尽くされていく。

派手に魔法を使ったので、大阪の市民や自衛隊員は空高くまで達した〝炎の柱〟を目撃することになるだろう。

「さてっ、あと四匹……」

第十四話　自衛隊の矜持

各所で甚大な被害を出している四体の魔物を倒すため高速で飛行し、アンデッド系に最も効果のある火魔法を中心に撃ち出すことにした。

「雷炎！」

「炎竜!!」

次々と火魔法を放ち、ドラゴンゾンビを火だるまにしていく。

何度か攻撃しているうちに分かってきた。一度倒しても復活するが、もう一度体を破壊すれば復活はしないようだ。

◇◇◇◇◇◇◇◇

「あれが魔法か………」

自分達が歯が立たなかった化物を、いとも簡単に倒している魔法使いに自衛隊員は感嘆の声を漏らしていた。

魔法使いがいることは一般人はともかく、自衛隊員の間では公然の事実だった。なにしろ、その一人のために法案を可決したほどだ。

だが実際に目の前で見る魔法は、想像を絶するものだった。

この日から自衛隊員の間で五条将門のことを〝爆炎の魔術師〟と呼ぶものが増えていくことになる。

◇◇◇◇◇◇◇

「よしっ！　これで終わりだ」

最後のドラゴンゾンビを焼き尽くした所で職業スキルを確認してみた。

僧侶　　Ｌｖ９９

【職業スキル】

魔術　　Ｒａｎｋ　ＳＳＳ　称号〝魔術王〟

回復術　Ｒａｎｋ　ＳＳ
複合魔術　Ｒａｎｋ　Ｂ

獲得〝魔法〟回復魔法（Ⅰ）×２

「ああーっ！　ダメか………」

僧侶のレベルはカンストしていたが、職業スキルのランクは〝ＳＳ〟のまま上がらなかった。僧侶の職業ボードは七枚しかない。今回のボードが最後だったので、もう〝ＳＳＳ〟には上がらないと言うことだ。

成長には職業によって差があるためハッキリとわからないが、感覚的に言えば職業ボードが八～十枚はないと〝ＳＳＳ〟まで上がらないように感じる。

「そう考えると〝ＳＳＳ〟に達する職業ボードは数種類しかないことになるな」

まあ、仕方ないかと思いながら怪我人の救助に向かった。

◇◇◇◇◇◇◇◇

夜が明け始め、うっすらと空が白んできたころ仮設の首相官邸は大騒ぎになっていた。この建物は首相を含め、ほとんどの閣僚の宿泊施設を兼ねていたからだ。

今は化物の襲撃で大部分が倒壊している。何人かは救助されたが、まだ総理が見つかっていない。

必死の捜索で、見つけることができた時、息こそあるが普通なら到底助からないような重傷だった。

◇◇◇◇◇◇◇◇

「総理！　……………すぐに病院へ!!」

救助隊が救急車に運ぼうとするのを俺は止めた。

「ちょっと待って！　俺が治すよ………こっちに連れてきて！」

救助隊員が驚いた表情でこちらを見ていると、後ろから怒声が聞こえてくる。

「何を言っているんだ!!　生死にかかわるんだぞ。さっさとどかんか！」

政治家の偉そうな爺さんが何か言ってるようだが、無視して回復魔法を使った。

手から光が溢《あふ》れ、全身を包む。総理の下半身はほとんど潰れていたが、まるでそんな事実は無いかのように全てが元通りになった。

回復術のランクが〝SS〟でなかったら危なかったかもしれない。

「何だ………これは………これが魔法と言うものなのか………」

「だが魔法は法律で禁止されてるハズだぞ！　許可は出てないだろう」

「違法行為だ!!」

自衛隊のお偉いさんの発言に、さすがの俺もムカついてくる。

俺は気にせず怪我をした人やドラゴンゾンビのブレスを受けて猛毒の症状になった人を助けて回ることにした。

俺が怪我を治していると、多くの自衛隊員が手伝ってくれる。怪我人や病人を手分けして運んでくれたおかげで効率的に治すことができた。

多くの人が亡くなったが、これ以上犠牲者が出ないように最善を尽くせたのは良かったと思う。そんな中……

「動くな!!」

何人かの自衛隊員から冷たい銃口を向けられている。

その向こうにいたのは、前に会ったことがある統合幕僚長の林田だ。

◇◇◇◇◇◇◇

統合幕僚長の任を与えられた私は、目の前にいる五条という男を認めることができなかった。本来、日本国民を守るのは自衛隊の役割である。

当然被災した国民を救助することもそうだ。

しかし、この男は現実を超越した力を使い自衛隊が倒すことができなかった化物を次々と倒していった。とても人の力とは思えない……この異常な世界に生まれた異常な人間……いや人間であるかもあやしい。

今回も非常識な力を使って怪我人を治していった。

もしも、この力が化物ではなく我々人類に向けられたら……全力で止めるしかない。たとえ殺すことになっても……。

◇◇◇◇◇◇◇

「あなたには感謝している……しかし魔法を使っての治療は一切、安全性が確認されていない医療行為にあたる。警告したにもかかわらず魔法を行使したことも明らかな違法行為だ。身柄を拘束する。抵抗する場合、銃を撃つことになる！」

「その銃で俺を？　効くと思いますか？」

「この銃弾は魔鋼鉄で造られたものだ。たとえ化物でも至近距離から撃てば一撃で倒せる。抵抗はするな」

「やめて下さい！　彼は自分達を助けてくれたんですよ!?」

「黙れ！　魔法の制限は正式な法律になっている。厳格な運用は防衛大臣からの指示だ。貴様らは自衛隊員であるにもかかわらず、それに背くのか！」

「総理の怪我も治したんです。銃を向ける必要なんてないじゃないですか！」

俺をかばってくれたのは一緒に救助活動をしてくれた自衛隊員だった。ありがたいけど上官に逆らうのはまずいんじゃないかな？

もっとも魔鋼鉄の銃弾だろうが普通の銃弾だろうが俺には効かないと思うんだが……。

「やめるんだ……」


林田さんの後ろから聞こえてきたのは、多田総理の声だった。

「もういい。全員、武器を降ろせ」

総理の言葉で銃を構えた自衛隊員は全て銃を降ろした。自衛隊の最高指揮官は、幕僚長でも防衛大臣でもなく内閣総理大臣だ。

「総理、しかし……」

「自衛隊の最高指揮官として君を更迭《こうてつ》する、正式な辞令は後から届くだろう」

「そんな……私は」

多田総理は食い下がろうとする林田を無視して右脇をSPに抱えられながら、ゆっくり俺に近寄って来た。

「不快な思いをさせて申し訳なかった。五条さんの助力に日本国民を代表して心から感謝を伝えさせてもらいます」

「俺が勝手にやったことだから気にしないで下さい。ああ、違法行為をしてるみたいなんで捕まっちゃうんですかね?」

総理は少し微笑んだ後、俺に向かって真面目に答えた。

「あなたが罪に問われることはありません。もし許可が必要なら内閣総理大臣である私が許可を出します」

「好き勝手に暴れ回るかもしれませんよ?」

「好きなだけ暴れてかまいません。日本国民を日本をあなたの力で助けて下さい。お願いします!」

◇◇◇◇◇◇◇◇

総理がそう言うと五条は少し笑って振り返り、まだ大勢いた負傷者を助けに行った。

「五条将門、彼に全てを賭けてみよう……」

多田はこの日の朝には緊急の閣議を開き、意見の対立していた防衛大臣を罷免《ひめん》し、一部の自衛隊幹部を更迭《こうてつ》した。行政や自衛隊が五条に全面的に協力できるよう閣議決定を行い、関連する法律の整備を急いだ。

それは一国の総理が、たった一人の男に国の命運を託す決断をしたということに他ならなかった。

◇◇◇◇◇◇◇◇

瞬間移動で岐阜基地に戻って来ると坂木さんと清水さんが落ち着かない様子で待っていた。

「終わりましたよ」

「五条さん!!」

「向こうはどうでした！　被害はあったんですか!?」

かなり心配していたようだ。俺は大阪で起こった出来事を坂木さん達に話した。

「犠牲者はかなりの数になったと思うけど、やれるだけのことはやったと思います」

「そうですか……」

「問題はどうして突然、あんな魔物が現れたのか……理由が分からないんですよね」

坂木さんは少し考えてから、口を開いた。

「以前、ジョージアという国で日本と同じように化物が暴れ回ってたんですが、その化物達のボスのような生物がいたらしく、そいつが化物達を操っていたそうです」

「ボスモンスターがいるってことですか？　ドラゴンゾンビを送り込んできたのもそいつなのか……確かに、スキルもないのに再生したのはもおかしかったしな」

「軍隊がそのボスを倒したらしいんですが、それによりジョージアでは化物の数が激減したと聞いています」

「じゃあ日本も、そのボスを倒せば魔物が減るってことか……」

「そのボスがいたのはジョージアの首都ティビリシにできた青黒い大地の中だったそうです。日本でいるとしたら東京しか考えられません」

「じゃあ、東京に行けば……」

「ええ、聞いた話だと東京にも青黒い大地の一画に、巨大な入り口がある場所があるそうです。中から化物が溢れ、とても中に入れなかったと……若い隊員の中には、その穴の奥は迷宮《ダンジョン》なんじゃないかと言う者もいたとか」

「迷宮《ダンジョン》……」

日本を救うために、次にどこに行くべきか、その言葉で明確になった。

◇◇◇

東京――

日本で最も被害を受けた都市は凄惨な光景を晒《さら》していた。

その中でも青黒い大地が一際、盛り上がっていた場所に俺は立っている。

東京に行くと言った時、自衛隊にも何か協力できないかと坂木さんに言われたが、丁重に断った。

『足手まといになりますよね』と言った坂木さんに、犠牲者が出るのが一番困るとハッキリ言って納得して貰《もら》った。

目の前には坂木さんが言った通り、巨大な穴がポッカリ開いている。まるで多くの者が入ることを歓迎するかのような漆黒の穴に〝空間探知〟で探りを入れてみると、確かにずっと奥まで複雑な迷路のように地下に続いているのが分かる。

「ダンジョンて言うのは、意外に的確な表現なのかもな」

俺は空間から一枚の職業ボードを取り出した。〝探索者〟のボードだ。ダンジョンがあるならこの職業ボードがあるのも納得できる。

職業ボードの表面をタッチして職業スキルを確認すると——

探索者　Ｌｖ１

【職業スキル】
魔術　Ｒａｎｋ　ＳＳＳ　称号〝魔術王〟
回復術　Ｒａｎｋ　ＳＳ
複合魔術　Ｒａｎｋ　Ｂ
マッピング　Ｒａｎｋ　Ｆ

探索者の職業スキルは〝マッピング〟か……確かにダンジョン攻略には役に立ちそうだ。空間探知は大雑把に空間や生物の配置は分かるが細かくは無理だったからな。

宝とかトラップとか教えてくれると助かるけど。

俺は巨大な穴に向かって足を進めた。漆黒の闇がゆっくりと体を飲み込んでいく。

◇◇◇◇◇◇◇◇

『何だ、この違和感は…………何者かが我が住処《すみか》に侵入したのか？』

闇の中に揺れるその影はわずかに興味を抱くが、すぐに思い直す。今までに何度も入ってきた者はいた。しかし虫けらがいくら中に入ろうと、ここまでたどりつくことはない。今回入ってきた者は、今までよりも気配が大きいが、どうせ途中で死ぬだろう…………その結論は揺るがなかった。

◇◇◇◇◇◇◇◇

ダンジョン五階――。

「フーやっと五階かー、こんなにアンデッドが多いとは……予想以上だな」

俺は右手の上に展開された3Dマップを見ながらため息を吐いた。化物が溢《あふ》れているとは聞いていたが倒しても倒しても壁などから次々と涌《わ》いてくる。

まるで無から生まれてくるようだ。

ここから生まれたアンデッドが地上に溢《あふ》れて、それが人々に襲い掛かっているのか………やっぱり、ここにボスがいると見て間違いないだろう。

それにしても、この3Dマップは便利だ。細かい道順や敵の位置まで手に取るように分かった。今は五階だが、すでに八階までマッピングされている。そして――

「探索者がカンストした……経験値はそうとう入ってくるからな」

そう言って俺は職業スキルを確認した。

探索者　　　　　Ｌｖ９９

【職業スキル】

マッピング　Ｒａｎｋ　Ｆ　↓　Ｒａｎｋ　Ｃ

獲得〝スキル〟鑑定（Ⅰ）×２　寒熱耐性（Ⅰ）×１

マッピングは〝Ｃ〟にまで上がった。それほど複雑な構造じゃない、このダンジョンを攻略するには充分だろう。

「さて次の職業は――」

俺は次になる職業をすでに決めていた。職業ボードを取り出しタッチする。ずっとなりたかった職業だ。

賢者　　　　　Ｌｖ１

【職業スキル】

魔術　　　　Ｒａｎｋ　ＳＳＳ　称号〝魔術王〟

回復術　Ｒａｎｋ　ＳＳ
複合魔術　Ｒａｎｋ　Ｂ
マッピング　Ｒａｎｋ　Ｃ
魔道図書　Ｒａｎｋ　Ｆ

ＳＲの賢者。ＳＲは成長が遅いので後回しにしていたが、このダンジョンなら経験値が豊富に手に入るし、ボスまでいるならここでなるのが効率的だと思った。

賢者の職業スキルは〝魔道図書〟か………よく分からないな。まあランクが上がっていけば分かるだろう。

◇◇◇◇◇◇◇◇

我は、遥か昔からここに居る……自分の記憶は徐々に薄れてきているように感じるが、そんなことは関係なかった。ただ魔力を大地に流し大量のアンデッドを作り出すことを繰り返している。

それが自分の使命であることだけは理解していた。そのことに疑問を持つこともない。

今日もいつもと同じ作業の繰り返し、暗闇の中でただひたすら………しかし突然、暗闇を切り裂く無数の炎が飛んできて壁や地面など燃やし始め、闇を奪っていった。

『**なんだ………!?**』

見上げると上層階の入り口付近に一人の男が立っている。

「いやー暗かったんで、明るくしてみたよ」

第十五話　不死の王

そのアンデッドは地の底で多くの屍の上に立ち、強力な魔力を地面に、このダンジョン全体に流し込んでいるようだった。

見た目は白骨化した魔術師のようで、手には立派な杖を持ち首や指には年代物の宝石を身に着けている。

「あんたがここの親玉か?」

その魔物はじっとこちらを窺《うかが》っているようだった。鑑定を行使する――

不死の王
大魔導士
Lv3121
■■■
■■■

あっ……やばい奴だ。俺のレベルよりはるか上、初めて〝鑑定〟を使ってもステータスなどを完全に見ることができない。

「俺の力、通用するのかな!?　まあ試してみるかー……炎竜!!」

巨大な炎の竜が魔物に向かって襲い掛かる。いつもならコレで焼き尽くせるはずだが……そう思った瞬間――

魔物の手前で炎が弾かれた。まるで球体状のバリアがあるかのように炎は相手に当たらない。

これは――

「結界防御!?」

俺が持ってる固有スキルだ。こいつも持ってるのか？　そう考えていると魔物は低く響くような声で何かを唱える。

『腐敗の息吹』

青紫の煙がすごい勢いでこちらに向かって来た。だが俺にも〝結界防御〟と〝全状態異常耐性〟があるのでまったく効かない。

相手は表情がないので何を考えているか分からないが、向こうも驚いてるんじゃないかな……？

それにしても魔物の言葉が理解できるなんて、あいつ日本語話すのか？　言葉というか考えが伝わってくるというか……。

んっ⁉　これって〝念話〟の効果か？　この時初めて念話が知性のある魔物などと、意思疎通ができることを知った。

「雷炎!!」

『黒雷!!』

「破砕弾!!」

『地獄の業火!!』

互いの魔法の応酬で激突する。だが俺の魔法の方が押される。やはり魔法では向こうの方が、一枚も二枚も上手のようだ。

時間を止めて攻撃しようかとも思ったが、時間を止めると魔法も重力操作も使えなくなってしまう。俺の体から少しでも離れると〝物質〟も〝力〟も全て止まってしまうからだ。

最悪、時間を止めて素手でボコボコにすることもできるが、俺の拳《こぶし》には〝魔素〟が含まれていないからな……確か魔素を含まない武器で攻撃しても化物には効果が薄いって聞いたことがある。

あの高レベルの相手を倒せるか正直、微妙だ。

HERO

そんな中、状況が変わり始めた。

『**地獄の業火!!**』

「地獄の業火!!」

『**黒雷!!**』

「黒雷!!」

相手の魔法と同じ魔法が使えるようになっていた。威力も上がり力負けしなくなってきた……これは〝模倣〟のスキルの影響か!?

魔法戦が互角になってきた向こうも苛立ってきたようだった。

『**貴様は何だ!!　なぜ我《われ》の魔法を使える!?**』

「何だ、おしゃべりしてくれる気になったのか」

俺は〝不死の王〟の近くに降り立ち、相手の姿を観察しながら話を続けた。

「あんたが作るアンデッドのせいで地上がえらい目にあってるんだ。できればやめて貰いたいんだが、お願いしてもダメかな？」

『それはできぬ………ここで行うことは我《われ》の使命だからだ』

「それは誰かに命令されたことなのか？」

『………………』

　魔物は何も答えず、両手を天に掲《かか》げた。

「終わりだ!!」

　不死の王の周りにドス黒いオーラが噴出し、上空に巨大なエネルギー体ができ上がる。それは俺のレベルでは〝模倣〟することができない超上級魔法——

『不浄なる死者の国《ヘルヘイム》!!』

　黒い塊が俺の体にせまって来る。〝結界防御〟を突き抜け、黒い霧のようなものが俺の手や肩に触れた瞬間炎のように上半身に広がって俺の体を焼き始めた。

　これは闇魔法と火魔法との複合魔法だ。予想外の事態に俺は時間を止めることも忘れて水魔法で必死に火を消そうとしたが、まったく消えることなく俺の皮膚や骨を焼き尽くしていった。

「うがぁぁあああーーーーー!!」

　絶叫を上げながら俺は倒れた。意識が遠くなり頭にモヤのようなものがかかる。ああ、これが〝死〟ってやつか………。

◇◇◇◇◇◇◇◇

不死の王は自分と互角の魔法を使った人間に興味を持った。だが、その人間は自分の魔法の前に為《な》す術《すべ》なく上半身が灰となって死んだ。不死の王は当然だと考える。

人間如《ごと》きが自分に勝てるはずがない。

また、アンデッドの生産を始めようとしたとき――

「あー危なかったー!!」

男が立ち上がっている。服こそボロボロになっているが、体には傷一つついていない。不死の王は理解できない現状に困惑した。

◇◇◇◇◇◇◇◇

本当に死ぬところだった………〝超回復〟があったから良かったけど無かったら即死してもおかしくなかった。それにしても上半身が灰にされたのに元に戻るなんて………エグイ能力だな。

『**貴様いったい何者だ………! 普通の人間では無いだろう!!**』

「普通の人間だよ。給料のほとんどをガチャにつぎ込んだ、ちょっと頭のおかしな人間だけど」

俺は静かに両手をかかげた。

「魔法勝負はアンタの勝ちだ。俺の魔法じゃアンタに通用しないと認めるよ…………だけど」

不死の王は周りの石などが動き出したのに気付いたようだ。強大な力が奴を包み、動くことができなくなる。

「この戦いには負ける訳にはいかない！　重力圧殺《グラビティプレス》!!」

◇◇◇◇◇◇◇◇

ズドンッと、ものすごい重さが自分にのしかかってきた。骨はミシミシと悲鳴を上げ、あまりの重さで膝をつく。必死に耐えるが、身動きが取れない。

これは――

『魔神が持つ〝固有スキル〟……なぜ人間が……』

◇◇◇◇◇◇◇◇

さすが超高レベルの魔物………アンデッドに絶大に効果がある〝重力操作〟をまともにくらって、まだ耐えようとしている。

「だが！」

俺は手を胸の前で構え空間を圧縮するように力をこめると、不死の王の周りの空間が歪みだす。自分の状況に驚愕したようだが、もう遅い。

〝重力操作〟は力を掛ける範囲で威力が変わってくる。最小の範囲で掛けられる重力倍率が百倍であるが意識すればさらに範囲を狭めることができ、その時の重力倍率は百倍を遥かに超える。

不死の王は立方体に閉じ込められ身動きが取れなくなる。

『**何だ！　コレは!?**』


「――重力圧壊空間《グラビティキューブ》――!!」


メキメキ・バキバキと全身に受ける超重力に、なすすべなく体は粉々になってゆく。

『**ギイイイイイヤアアアアアー!!!!!!!!!!!!!!!**』

不死の王は黒い煙になって消えていった……不死ってあったから死ぬかどうか分からなかったけど倒せて良かった。〝重力操作〟があったおかげだな。

ごく狭い範囲でしか使えない技だけど、人間大しかない相手だったから丁度よかった。

にしても苦戦したなー……俺より強い奴はまだまだいそうだ。気を付けないと。そう考えていると俺の〝空間探知〟に何か引っかかった。

よく見ると魔物が消えた場所に何かある。丸い赤茶のビー玉みたいな……。

「アレッ!?　コレ、ガチャから出て来た〝アメ〟じゃないか！　あれ魔物の核だったのか？」

だとしたら俺、何百個も食べてるぞ……急に気持ち悪くなってきた。

〝アメ〟を手に取って〝鑑定〟で調べて見る。

【不老不死】　ＳＳＲ
寿命がなくなり、老化することもなくなる。

「何ですとーーー！！？」

◇◇◇

俺はボロボロの格好のまま瞬間移動で岐阜基地まで戻ってきた。

「五条さん⁉」

坂木さんと清水さんにはかなり心配されたが、無事にダンジョンのボスを倒したことを報告する。

「そんなに強かったんですか？」

「ビックリするくらい強かったですね………ちょっと危なかったかも」

俺達が話していると何人かの自衛隊員が集まってきた。

「坂木１等空佐！　今、福岡と連絡が取れて交戦していた化物の数が激減しているそうです！」

「それ以外の地方からも化物の数が減っていると報告が入っています」

どうやら〝不死の王〟を倒したことで、いい影響が出てきたようだ。今まで日本中を覆《おお》っていた

〝魔素〟も少なくなり通信状況が改善され始めたと後から坂木さんから聞くことになる。

ほとんど半裸状態だったので自衛隊の宿舎で服を着替えさせてもらい、改めて坂木さん達と話すことになった。

「自衛隊は今後、日本の立て直しに尽力することになるでしょうね……五条さんのおかげで化物が激減したので、復興していくのは可能だと思います」

「幸いなことに日本は島国だからな。大陸から化物が来ることもないし、欧米では一つの発生源から、そこらじゅうに被害が広がってるみたいだけど……まあ、化物に国境は関係ないからな」

「それに中国から仮に化物が来たとしても日本には五条さんがいますからね…………安心です」

俺は少し考えてから、ずっと前から思っていたことを話すことにした。

「そのことなんですが……他の国の魔物を倒すために日本を離れようと思ってるんです」

坂木さんと清水さんは一瞬、驚いた顔をしたが、その後考えこむようにうつむいた。

「そうだよな……世界全体のことを考えたら、その方がいいかもしれない」

「分かりました、我々も全力で協力しますので」

その後の行動は早かった。

自衛隊の協力により旅に必要な物を一通り用意してもらう。水や食料などは、こちらでも貴重なはずなのにたくさん持って行ってくれと言われ、ありがたかった。

かなりの量になった食料と日用品に「どうやって持って行くのか」と聞かれたので一瞬で消して亜空間の中に入れる。

「なんでもアリなんですね………」

呆《あき》れられてしまった。

空将補の山本さんも苦々しくこちらを見ていたが、官邸からも俺に協力するよう連絡が入ったみたいで何も言わなかった。

清水さんが「山本のおっさんは閑職に飛ばされることになった」って、笑いながら言ってたけど、ちょっと可哀そうな気もする。

「五条さん、これも持って行って下さい」

そう言って、渡されたのは一振りの〝剣〟だった。

「これは………?」

「魔鋼鉄で作られた剣です、何かの役に立てばと思いまして………」

これが魔鋼鉄の武器か………俺は鑑定してみることにした。


【ミスリルの剣】

純度は高くないが魔素を多く含んだ金属で作られる。


鑑定文には〝ミスリル〟って出てるな。そうか、これがミスリルか……魔素を含む金属を自衛隊の人は〝魔鋼鉄〟と呼んでたが、正式名称ではないんだな。

「ありがとう、すごく助かります」

俺は最初にどの国に行くか清水さん達と相談した結果、最も被害が大きく最強のモンスターと言われる〝巨人〟がいるアメリカに行くことにした。

そこにいるボスは〝タイタン〟と呼ばれ、核ミサイル七発を撃ち込まれても、ビクともしなかったらしい。

「ところでどうやってアメリカまで行くんだ？　いつものパッと消えるヤツか？」

「いや、距離が遠いんで飛んで行こうと思ってます。けっこう時間はかかると思うけど」

「そうか……気をつけてな！」

「いままでありがとうございました。ここから先は我々自衛隊が全力で日本を守りますので安心して行って下さい」

坂木さんの言葉に清水さんも、

「命の恩人だからな……この恩は一生忘れない。世界を頼んだ!!」

俺は笑顔でその場を飛び立つ。

アメリカには行ったことがあったので瞬間移動で向かうこともできるけど坂木さんや清水さんが見ている前ではあえて使わなかった。

何かあれば瞬間移動で戻ってこれると思うが、すぐに戻ってこれるかは分からない。

坂木さん達には警戒をずっとしていて欲しいので、黙って行くことにした。

そして〝不死の王〟を倒したことで賢者のレベルがカンストする。職業スキルは——

賢者　Ｌｖ９９

【職業スキル】

魔術　Ｒａｎｋ　ＳＳＳ　称号〝魔術王〟

回復術　Ｒａｎｋ　ＳＳ

複合魔術　Ｒａｎｋ　Ｂ

マッピング　Ｒａｎｋ　Ｃ

魔道図書　Ｒａｎｋ　Ｆ　↓　Ｒａｎｋ　Ｄ

獲得〝スキル〟　魔法適性（Ｉ）×２　念話（Ｉ）×２

職業スキルの〝魔導図書〟がＲａｎｋ　Ｄに上がっている。念じれば手の上に３Ｄで大きめの辞書のような本が現れた。

中に書かれているのは武器、防具、そして魔道具などの説明や設計図などがある。

まだ、本の序盤だけしか書かれていないが面白いスキルだと思う。だが正直、使い方がよく分からないな。

設計図があっても材料が無ければできないし……この本の中にある材料は、本来地球に無いような物がほとんどだ。どうやって作ればいいかも分からない。

後々、役に立つかもしれないが、今は役に立ちそうもないな……この職業を上げるのは後回しにしよう。

今までの戦いで増えた職業スキル以外の、スキルや魔法を〝鑑定〟で確認する。

【固有スキル】

時空間操作　全状態異常耐性　神眼
無限魔力　結界防御　不老不死
重力操作　超回復
女神の加護　剛力無双

【魔法】

風魔法　（XⅧ）　土魔法　（XIX）
火魔法　（XⅦ）　光魔法　（Ⅶ）
召喚魔法　（X）　雷魔法　（XⅦ）
水魔法　（XⅧ）　闇魔法　（IX）
強化魔法　（Ⅷ）　回復魔法　（XIX）

【スキル】

鑑定（Ⅹ）　空間探知（ⅩⅣ）
筋力増強（ⅩⅠ）　千里眼（Ⅵ）
魔力強化（Ⅶ）　寒熱耐性（Ⅸ）
物理耐性（Ⅷ）　魔法耐性（Ⅹ）
魔法適性（ⅩⅣ）　成長加速（ⅩⅠ）
隠密（ⅩⅡ）　俊敏（Ⅸ）
精密補正（Ⅷ）　威圧（Ⅷ）
演算加速（Ⅷ）　念話（Ⅹ）
敵意感知（Ⅹ）　模倣（Ⅵ）
精神防御（Ⅶ）　加護（Ⅸ）

〝不老不死〟はすごいスキルだな……外的要因によっては死ぬかもしれないが、〝超回復〟と〝全状態異常耐性〟がある俺はほぼ死なないよな。あんまり実感ないけど。

新しい戦場に向かうが恐怖はない。

これだけのスキルがあるからな。そう思って坂木さん達から十分に距離を取った後、俺は瞬間移動でアメリカに向かった。

Status of Hero

Name 五条将門／Job 賢者／LV 99

HP　784／784
MP　∞／∞
筋力　1269
防御　907
魔防　1034
俊敏　456
器用　427
知力　1548
幸運　52635

【固有スキル】
時空間操作　不老不死
無限魔力
重力操作
女神の加護
全状態異常耐性
結界防御
超回復
剛力無双
神眼

【魔法】
風魔法　（XⅧ）
火魔法　（XⅦ）
土魔法　（XⅨ）
水魔法　（XⅧ）
雷魔法　（XⅦ）
光魔法　（Ⅶ）
闇魔法　（Ⅸ）
召喚魔法　（X）
強化魔法　（Ⅷ）
回復魔法　（XⅨ）

【スキル】
鑑定　（X）　隠密　（XⅡ）
空間探知　（XⅣ）　俊敏　（Ⅸ）
筋力増強　（XⅠ）　精密補正　（Ⅷ）
千里眼　（Ⅵ）　威圧　（Ⅷ）
魔力強化　（Ⅶ）　演算加速　（Ⅷ）
寒熱耐性　（Ⅸ）　念話　（X）
物理耐性　（Ⅷ）　敵意感知　（X）
魔法耐性　（X）　模倣　（Ⅵ）
魔法適性　（XⅣ）　精神防御　（Ⅶ）
成長加速　（XⅠ）　加護　（Ⅸ）

【職業スキル】
魔術　Rank　SSS　称号“魔術王”
回復術　Rank　SS
複合魔術　Rank　B
マッピング　Rank　C
魔道図書　Rank　D

第四章

アメリカ大陸・巨人編

第十六話　巨人の大陸

アメリカまで瞬間移動であっという間に着いた。ここは西海岸のシアトルのはずだ。

〝厄災の日〟の前に瞬間移動で何回か来ていたので、スムーズに来れたな。

タイタンがいるのはニューヨークらしいが、いきなりそこに行くほど俺もバカじゃない！　なんと言っても最強のモンスター〝巨人タイタン〟だ。

しっかり対策してから戦いに臨まないと。まずは巨人の倒し方を探るため、空を飛んで巨人を探し回ることにした。

町は悲惨なくらい荒らされている。建物などが倒壊して、まるで戦争の後のような状態だ。

しばらく飛んでいると、二体の巨人を発見した。

「あれか………」

それは二体とも十メートル近くある裸の巨大な人間だ。まず俺の力が巨人に通用するか試してみる必要がある。収納空間から〝不死の王〟と戦った後に入手した物を取り出した。


【魔導の杖】

魔導士が使う杖、攻撃魔法の威力を上げる効果がある。

やっと手に入った、まともな武器だ。今までずっと素手で戦ってからな。これと坂木さんから貰った〝ミスリルの剣〟で巨人討伐をやっていこうと思うんだが……。

「さて、まずは職業選択だな」

収納空間から職業ボードを取り出し、表面をタッチした。

戦士　　Lv1

【職業スキル】
剣術　　Rank　F

まずは戦士から――職業スキルは〝剣術〟か……まあ予想通りだな。

俺はアメリカの巨人を倒すため、飛行移動している間に戦略をずっと考えていた。なにしろ各国に出現した化物の中でもアメリカの巨人は最強の一角と言われている。

しっかり準備しないと苦戦を強いられることになるだろう……。

そのためには、まず職業の選択だ。俺が考えた戦略はレアの職業を一通りカンストしていく、その中で効率的に上げるべき職業を選び集中して上げていくというものだ。

SRやSSRの職業はステータスアップの効率が悪いので後回しにする。

何かを探すようにうろつく巨人に〝鑑定〟を行使した。

巨人種（下位）
Lv44
HP　1463
MP　0
筋力　1200
防御　963
魔防　855
俊敏　165
器用　9
知力　17
幸運　7

【スキル】
自己再生（Ⅲ）
筋力増強（Ⅰ）

巨人種（下位）でこのスペックなのか…………!? アメリカ軍が勝てなかったのも分かるな。

俺は杖を掲《かか》げて魔法を放つ。戦士になったのに魔法で攻撃するのもどうかと思うがしかたない。

一体の巨人が火だるまになったが、なかなか死なない……。

「うがぁぁぁあああ！！！」

のたうち回り、叫びながら藻掻《もが》いている。〝自己再生〟のスキルの効果か焼かれながら再生しているようだった。

しばらくすると火が消え、呻《うめ》きながら立ち上がる。

最後は複合魔法〝爆裂弾〟を何発か撃ちこみ絶命させた。それにしても魔道の杖で魔法の威力が上がっているな……爆裂弾の爆発がいつもより一・五倍は大きくなってるぞ。

不思議そうな顔をして、うろうろしているもう一体の巨人に〝重力圧殺《グラビティプレス》〟を使ったが、まさかの耐えられてしまうという予想外の結果になった。

巨人は体重も重いから、〝重力操作〟が効くと思ったが、それ以上のバカ力で抵抗してくる。アンデッドにはあれほど効果があっただけに、かなりショックだった。

最終的に剣で切りまくって倒したが、デカイせいで致命傷をあたえることが難しくかなり手こずった。

これは剣術のスキルランクが上がったから何とかなるという話ではない。

下位の巨人を相手にこれだけ時間がかかるのか……先が思いやられる。

俺は空を飛びながら巨人を見つけては狩っていった。数十体、倒した所で戦士のレベルがカンストした。やはり入って来る経験値がアンデッドの比ではない。

カンストした職業スキルは…………

戦士　Lv99

【職業スキル】

剣術　Rank F　→　Rank C

獲得〝スキル〟　筋力増強（Ⅰ）×2

筋力増強のスキルが手に入るので、いい職業だとは思うが巨人相手に力勝負を挑む気にはなれない。

そして数十体の巨人を相手にして分かったのは、巨人には色々な種類がいるということだ。人のような巨人もいれば岩でできた巨人もいるし、金属に覆われた巨人もいる。大きさもまちまちで五メートルから二十メートル弱のものもいる。

魔法の効き方も違っていて人型にはほとんどの魔法でダメージを与えられたが、岩系にはほとんど与えられない。唯一効くのは〝水魔法〟だけだった。

金属の巨人には〝雷・炎〟は効くが、それ以外はあまり効かなかった。だが、それも何発も撃ち込まないと倒すことができなかった。

より効率的な倒し方を模索しないといけないな…………そう考えながら荒廃した大地を進んでいく。

◇◇◇

「次は〝武道家〟だな」

俺は〝千里眼〟を使って巨人を見つけては狩っていった。四十体近く倒した所で武道家のレベルもカンストした。

武道家　Lv99

【職業スキル】

武術　Rank F → Rank D

獲得〝スキル〟俊敏（I）×3

職業スキルが〝武術〟で、獲得スキルは〝俊敏〟か。これも予想通りだな……だが巨人対策にはならないか。

それから何種類かの職業になってみた。鍛冶職人・狩人・盗賊のボードを消化していった。全てカンストした結果、職業スキルはこうなった。

盗賊　　Lv99

【職業スキル】

生成術　RankF↓RankC

解体　RankF↓RankC

強奪　RankF↓RankD

獲得〝スキル〟　精密補正（I）×3　空間探知（I）×2

模倣（I）×2　敵意感知（I）×1

最初にカンストした〝鍛冶職人〟は全体で200ほどしかステータスが上がらなかった。非戦闘職なので仕方ないが、そのかわり職業スキルの〝生成術〟は予想以上にすごかった。

自分が作り出した魔法陣に材料を入れ、強くイメージすると自動的に武器や防具などを生成してしまうというものだ。トントン鉄を叩く必要がなく、簡単に武器や防具を作り出すことができる。

これによって賢者の〝魔道図書〟も意味が出てくる。設計図があれば強くイメージできるからだ。

狩人の〝解体〟はよく分からなかったが、何十体も巨人を倒した時に意味が分かった。

巨人を倒した場所に〝魔核〟であるアメが落ちていた。鑑定してみると――

筋力　＋　1

ステータスを直接上げる〝魔核〟だった。これもすごいスキルかもしれない……たぶんランクが上がるにつれ〝魔核〟を落とす確率が上がっていくんだと思う。

確率論になれば〝女神の加護〟で運のステータスが爆上げされているので、かなりの確率で落とすはずだ。そうなればステータスをどんどん上げることができるんじゃないかな。

盗賊の職業スキルである〝強奪〟も最初はよく分からなかったが、剣で攻撃している時に何か違和感を覚えたので、一旦巨人の攻撃をあえて受け、ＨＰを減らした状態で攻撃してみた。

思った通り、攻撃するたびＨＰが回復してゆく……近距離での攻撃でＨＰを奪い取れるようだ。

それにスキルで〝模倣〟が獲得できるのも大きい。不死の王との戦いで〝模倣〟の有用性は実証済みだからな。

しかし、巨人に対する強力な打開策とは言えなかった……。

俺はアメリカの東側、ニューヨークに向かって飛行していく。タイタンが居ると言われている場所だ、ここが魔物の中心地なのは間違いない。

その証拠に飛行でニューヨークに近づくにつれ〝魔素〟の濃度が上がっている。

今は〝弓使い〟の職業になっているが、そもそも弓自体が無い。仕方ないので魔道図書に載っている弓の設計図と、鍛冶職の〝生成術〟で作り出すことにした。

後は材料だけなので、ミスリルの剣を使うことにする。もったいない気もするが、また生成すればミスリルの剣に戻すこともできると思うので大丈夫だ。
そしてできたのが――

【ミスリルの弓】

ミスリル（低純度）製の弓。

耐久性はあまり高くない。


そして職業スキルの〝弓術〟はかなり便利だった。なんと〝矢〟がいらないのだ!! 矢の部分を魔力で形成するため〝無限魔力〟がある俺は何発でも撃てる。

しかも放った矢には魔法を込めることができるので、炎や爆発魔法を込めて威力を大幅に上げることが可能だ。

魔法を普通に撃つより高速で着弾させることができるので正直すごく便利だ。これは巨人対策の第一候補としてチェックだな……。

弓使いの職業スキル〝弓術〟のランクは――

弓使い　Lv99

【職業スキル】
弓術　Rank F → Rank D

獲得〝スキル〟　千里眼（Ⅰ）×2

〝D〟ランクまで上がった。さて、他にも有用な職業がないか…………とりあえずはレアの職業は全部カンストすることに決めてるので次は〝魔物使い〟になることにした。

レアの職業はコレが最後になる。魔物使いの職業スキルは予想通り〝テイム〟だった。〝テイム〟には期待している。なんと言ってもファンタジー小説などの定番だからな…………。

俺は〝魔物使い〟になってから本格的に巨人対策に乗り出した。有効だと思ったのは巨大な岩を頭に落とす作戦だ。ただ落とすのではなく〝重力操作〟を使うというものだ。

まず〝重力操作〟で軽くした巨大な岩を収納空間に入れ、瞬間移動で巨人の上へ行き収納空間から岩を出し〝重力圧殺《グラビティプレス》〟で動けなくした巨人の上に落とす!!

岩の重さに加え、重力百倍の影響でとんでもない威力で巨人に落ちていく、さしもの巨人も一撃で絶命する。

最初、使った岩は使う度に砕けていて、手ごろな岩を探すのに苦労していたが〝土魔法〟で丁度いい岩の塊を作りだせば簡単に用意できることに気づく。

さらに強化魔法で硬度を上げれば鉄球並みの強さになり使い回しができるようになった。本来、強化魔法は一定時間がくれば解けてしまうが、時間が止まった収納空間に入れておけばカチカチのまま使うことができる。

この対策のいい所は人型、岩型、金属型、全ての巨人に有効だということだ。

これにより圧倒的に巨人を倒す効率が早くなってレベリングが容易になる。〝魔物使い〟のレベルもあっと言う間にカンストした。

魔物使い　Lv99

【職業スキル】
テイム　Rank F → Rank C

獲得〝魔法〟　召喚魔法（Ⅰ）×2

この〝魔物使い〟も直接戦闘をする職業ではないが、職業スキルの〝テイム〟は予想通り強力なものだった。

そしてこの職業こそ、俺の戦闘スタイルを大きく変えることになる。

◇◇◇

〝重力操作〟で動けなくなった人型巨人の上に巨大な岩の塊を落とし、絶命する瞬間――

「テイム!!」

巨人がいる場所に魔法陣が出現する。成功すれば手の上に現れた光るボードの〝リスト〟にテイムした魔物が表示される。

「失敗か………」

テイムの成功率は職業スキルのランクに依存するみたいだ……まだCランクなので、成功率は五%ぐらいだが二体の巨人はテイムに成功し、リストに表示されている。

少し小さいが、人型と岩型の巨人だ。

最初〝テイム〟というのは魔物を仲間にして一緒に旅をするのかと思っていたが、どうやら違うようだ。

完全に倒した魔物を〝テイム〟でリストに追加し、召喚魔法で呼び出すというものだ。今まで召喚魔法は召喚されて出て来る魔物がランダムで正直、使い勝手が悪かった。

だが〝テイム〟は任意の魔物を自由に召喚できるので、とても使いやすい。召喚魔法（I）のレベルが上がっていけば召喚時間も延びていくだろうから、ますます使える能力になるだろう。

何より、この〝魔物使い〟の職業ボードは十枚ある。SSSランクになる可能性があるので、うまくすれば最強の巨人タイタンもテイムできるかもしれない。

そんなことを考えながら巨人を狩りまくってレベルをカンストさせていった。

アメリカに来てから夜は廃墟などにテントを張って野宿している。巨人は夜にあまり活動してないようなので特に気にせず寝られるのでありがたい。

もっとも瞬間移動を使えば日本の家に簡単に帰ることもできるので、寝泊りに関してはまったく問題ない。瞬間移動は便利すぎるな。

「ふう……けっこう時間がかかったけど、だいぶテイムの成功率が上がってきたな」

俺は五日かけて、職業ボードを四枚カンストさせていった。

魔物使い　Lv99

【職業スキル】
テイム　Rank C → Rank S

獲得〝魔法〟　召喚魔法（I）×9

〝テイム〟した巨人は全部で七体。どうやらリストに表示できるのは無制限ではなく限りがあるようで職業ランク〝S〟でリスト表記できるのは七体が限界のようだ。

また、一度に召喚ができるのも限りがあるようで、今は三体が限界だ。たぶんランクが低い魔物ならもっと多く出せるかもしれないが、その辺は調べてみないと分からない。

召喚魔法のレベルが上がったおかげか、二十メートル級の大きい巨人もテイムできた。この調子でガンガンレベルを上げていくことにする。

そして一週間後――………

十枚の職業ボードが全てカンストした。その職業スキルは――

魔物使い　Lv99

【職業スキル】
　テイム　Rank S → Rank SSS　称号〝魔を統べる者〟

獲得〝魔法〟　召喚魔法（Ⅰ）×9

ついに〝魔物使い〟の職業を極めることができた。称号は〝魔を統べる者〟か……ランクが〝SSS〟になったことで、リストに入れることができる魔物は最大十二体、召喚できる魔物は強力なものなら五～六体一度に召喚できる。

それにランクが最大値になったことに加えて〝女神の加護〟で運の値を大幅に上げていることで、テイムの成功率は、ほぼ百％になった。

召喚魔法のレベルも（XXX《トリプルエックス》）になったが、職業ボードの数から考えて獲得した召喚魔法の数はもっと多いと思っていたのに意外に少ない…………魔法やスキルのレベルの限界値がトリプルエックスなのかもしれない…………覚えておかないと。

召喚時間も三十分以上は継続できる。俺が持つ魔法の中では最も強い、この召喚が俺の主戦力になるのは間違いないだろう。

これで強力な巨人を〝テイム〟してタイタンにぶつけることができる。戦い方は決まった！　後は準備をするだけだ。

第十七話　ミラーパーク

十代の少年少女が半壊した街の中を駆け抜けていた。後ろからは十メートルを超える巨人がその巨体に合わないスピードで追いかけている。

「リアム！　もう少しだから、がんばって!!」

足に怪我をしている少年の手を引きながら少女が叫ぶ。

「だめだミシェル！　先に行ってくれ、二人とも捕まっちゃう!!」

「もう少しなのに…………もう少しでミラー・パークに…………」

この姉弟《きょうだい》、ミシェルとリアムは両親と共に車で避難してきたが、途中で巨人に襲われ両親が殺された。命からがら逃げ出したが、目的地だったミラー・パークの目前で巨人に追い詰められている。

半壊した建物に逃げ込んだが、巨人は建物を壊しながら入って来た。手を伸ばして掴《つか》みかかる。

その時――

ガリガリガリッ!!

襲い掛かろうとしていた巨人が、何か強い力で建物から引きずり出された！　そのまま大きく投げ飛ばされ轟音と共に別のビルに叩きつけられ転がって落ちて来た！　地面に仰向けに倒れた巨人は、すでに動かなくなっている。

何が起きたのか分からなかった。ミシェルが崩れ落ちた屋根の隙間から見たのは、銀色の巨大な人影だった。

「鉄の巨人だ！」ミシェルはそう思う。金属の鎧を着たような巨人、いろんな種類がいる中で最も強いと言われている。

その巨人がミシェル達を追いかけていた巨人を殴り飛ばしていた………。仲間割れ？　理解できないでいると――

「大丈夫か？」

鉄の巨人の後ろにもう一体、岩の巨人がいる。二体ともかなり大きい………岩の巨人の手の上には男の人が立っていた。

ミシェルが驚いた表情をしていると……。

「敵じゃない！　敵じゃない！　言葉通じてるかな？」

◇◇◇

俺はニューヨークに行く前に、テイムした巨人での戦闘を試すため各地で巨人と戦っていた。そして気付いたのがとにかく人に出会わないということだ。

まさか、アメリカ人全員が巨人に殺されたなんてことは無いと思うが、さすがにこれだけ出会わなければ心配になってくる。

そこで〝千里眼〟のスキルを使って人を探していた所、この中学生ぐらいの男女を見つけることができた。

「君達この辺に住んでるの？」

このまま巨人の上でしゃべっているのもなんなので、巨人を消して話を聞くことにした。

「いえ…………私達は避難してきたんですけど…………………あの巨人は、あなたが操ってたんですか⁉」

「ああ、そうだよ一緒に戦ってるんだ」

取りあえず言葉は通じているようだ。アメリカに来る直前に、時に英語の本を片っ端から持って読みまくっていた。元々、英語が苦手だったが〝演算加速〟のおかげで、あっという間に覚えることができたのは良かった。

◇◇◇

「あれがミラー・パークです………！」

彼女に連れてきてもらったのはアメリカのドーム球場だった。ミラー・パークと言うように公園の中にある施設だ。

彼女の話によればアメリカでは各地の避難所などに多くの人々がまとまって生活して巨人達の脅威から逃れているらしい。

軍隊が守っている場合もあれば民間人だけのケースもあり、彼女が元々いた避難所は民間人だけで立てこもっていたが複数の巨人によって襲われ、家族で逃げて来たそうだ。

今から向かうミラー・パークは軍隊が一緒に常駐している避難所で安全性は高いと言われているみたいだが………。

「あの………すいません！　まだお名前も伺ってませんでした。私はミシェル・ブラウン、この子は弟のリアムです。助けていただいて、ありがとうございました」

「ゴジョーだ！　俺の方こそ避難所に案内してもらって助かったよ。ありがとう」

三人でミラー・パークの入り口に来た時、突然声をかけられた。

「止まれ！　避難者か？」

入り口上の窓から二人の軍人が銃を構えてこちらに向けている。

「はい！　私、弟と逃げてきて………」

「後ろの男もそうか!?」

「えっ………ええ……そうです」

「…………分かった、今扉を開けるから待ってろ！」

俺達は荷物の確認をされた後、中に案内された。球場に出た時、その光景に息を飲んだ…………。

中にはとても大勢の人間がひしめき合うように生活していた。


「俺が巨人といたことは内緒にしておいて…………」

助けた姉弟に、お願いしてミラー・パークの中に入っていった。明らかに疲弊した人達が球場にいくつものテントを張って、肩を寄せ合って暮らしているようだ。

この光景を見るだけで今のアメリカがいかに酷い状況か、よく分かる。

「ここでは充分な支援はできないが、生活に必要な最低限の物は支給する。安心していいぞ」

軍人の言葉に姉弟は安心したようだった…………俺はここでタイタンに関する情報を集めるのが目的だから一旦姉弟とは別れて行動することにした。


「ミシェル…………あの人、大丈夫なのかな？　巨人を操れるなんて何かおかしいよ」

「リアム、私達は彼のおかげで助かったのよ。彼がいなかったら二人とも生きてないわ」

「でも…………」

◇◇◇◇◇◇◇◇

軍人に聞いて回った結果いくつか分かったことがあった。

「タイタン討伐戦に参加したのは、そうだな……ここではジョシュアぐらいかな、ここでリーダーをしてる奴だ。あんた達をここに案内した男だよ」

タイタンと戦った軍人はほとんどが死んでしまったらしい……ここでは唯一ジョシュアという人だけ生き残ったみたいだ。ジョシュアに話を聞きに行くと。

「ああ、確かに作戦には参加したが、後方支援だ。前線に出ていた奴らは全員死んだよ。俺もタイタンは直接見ていない」

「タイタンに関して他に何か知ってることはないかな?」

「どうしてそんなにあの巨人のことを知りたがるんだ……俺からしたらもう思い出したくない記憶だ!」

どうやらここで得られる情報は多くないようだ……後は何人かの一般人にアメリカの現状を聞いたら早々に出発するか。

そう思っていた所、目に留まった場所があった。

「あそこに人が運び込まれているようだけど、何があるんだ?」

「あれは診療所だ。怪我人や病人が手当てを受けてる、良かったら行ってみるか?」

ジョシュアの後に付いていくと、診療所には思っていたより多くの患者がいた。元々は野球選手の控室みたいな所だが、壁をぶち抜いて広いスペースを確保している。

医者が数人いるようだったが、満足のいくような医療設備もなく軍人や民間人が手伝いながら、なんとか診療所を回している様子だった。

「怪我人は巨人にやられたのか？」

俺がジョシュアに聞くと、苦い表情をしながら答えてくれた。

「そういう奴等もいる……巨人に襲われ命からがら逃げて来た……お前らと同じだな。他には軽い病気に掛かったが食べる物や医療道具が満足に無いせいで、重症化した者……ここにはそんな奴等が大勢いる」

俺が回復魔法で一遍に治してもいいが、騒ぎになっても困るしな……あんまり目立ちすぎると自衛隊の時のように軋轢《あつれき》を生むかもしれない。

「俺にも手伝わせてくれないか？　何かしないと落ち着かないからさ」

「本当か？　それは助かる。ここの責任者と話してくるから待っててくれ！」

少し離れた所にいたミシェルが会話に入ってきた。

「あ、あの私にも手伝わせて下さい!!」

「ミシェルだったな。分かった！　人手は多い方がいいからな」

その日の夕方から、ミシェルと一緒に診療所の手伝いをすることになった。手伝いといっても、包帯の取替や自分で歩けない人をトイレに連れて行ったり、後は動けない人の体を拭いてあげたりするだけだ。

医者じゃないから医療行為はできない……だけど——

「目の傷は痛みますか？」

「ん？　新しい人か………いや、もう痛みはないよ。目は完全に潰れていて二度と見えないらしいが………」

目に包帯を巻いて手足にも怪我をしている患者の体を拭いていた。直接手で触れば体のどこが悪いのか感じ取ることができる。

〝回復魔法〟を使う。一度に治してしまうと余計な混乱が起きるかもしれないからな………ある程度治して後は自然治癒力を高めて徐々に治るようにしよう。

回復術のランクが〝SS〟なので、かなり応用が利くようになったから大抵のことはできる。

その後も何十人の患者の体に回復魔法をかけ、その日はミシェルと一緒に宿泊施設に行くことにした。施設と言っても建物内の通路に板などで衝立《ついたて》をしたものだ。

宿泊する場所はかなり狭いが一人分のスペースがしっかり確保されている。ゆっくり休めと言われているが、その前に………。

俺は瞬間移動でミラー・パークの外に来ていた。〝空間探知〟でこの周辺に巨人がうろついていることが分かったので、念のため駆除しておくことにしたからだ。

万が一、ミラー・パークを襲われても困るからな。

その後も、近づいてくる巨人がいれば周りに気付かれないように駆除していった。

◇◇◇

この診療所を手伝い始めて三日目になる。最初はすぐに出て行こうと思っていたが、ここの責任者の医師スコットさんや一緒に手伝っているミシェルなどと仲良くなる内に、出ていくタイミングを逃してしまった。

ただ、なぜかミシェルの弟のリアムには嫌われているように感じるが…………

「ああ、ありがとう。ゴジョー君も少し休んだ方がいいんじゃないか？」

「大丈夫ですよ！　意外に体力はある方なので」

スコットさんが心配して話しかけてくれる。とてもやさしい先生だ。

「ちょっと前までこの辺りに来る巨人は増えていたらしいが、最近はめっきり減っているそうだ…………このまま平穏であればいいんだが」

スコットさんやミシェルだけではなく怪我をした患者さんともだいぶ打ち解けて来た。ここで手伝いをしながら回復魔法で少しずつ怪我人や病人を治していく。

そんな中、一緒に来ていたミシェルに声を掛けられた。

「ゴジョーさん、助けてもらったお礼が何もできていませんから、私にできることがあったら何でも言って下さいね！」

「いいよ、気にしないで…………そのかわり俺のことあんまり人に言わないでね」

「ハイ！　分かりました。何か事情があるんですよね…………」

俺とミシェルが仲良さそうに話しているのを、遠くから弟のリアムが見ていた。その時は特に気にしていなかったが…………。

◇◇◇◇◇◇◇◇

なぜミシェルはあんな怪しげな男と親しげにするのかリアムには理解できなかった。

あのゴジョーという人が危険な存在だったら、ミシェルを助けられるのは自分しかいない！　リアムは最近そのことばかり考えるようになっていた。

「あの……」

リアムはジョシュアに声をかけた。その決断が正しいと信じて──

◇◇◇◇◇◇◇◇

俺が避難者と色々な話をしていると、後ろから数人の軍人に取り囲まれた。

「ちょっとこっちに来てくれないか……」

「どうかしたのか？」

彼らに連れられて人気のない所に移動するとジョシュアが待っていた。

「お前が巨人と一緒に行動していると言う話を聞いた。本当なのか？」

ああ、あの姉弟しゃべっちゃったか……まあしょうがないか。

「確かにそうだが、別に巨人の仲間なわけじゃないよ」

「なんにしろ、あやしい人間をここに置くわけにはいかない。追い出す形になるが悪く思うなよ」

「別にかまわない、当然の処置だ。俺も出ていくつもりだったから気にするな」

入り口まで送られ、俺はミラー・パークを後にした。ここの住人もあの姉弟も安心して暮らせるようにするにはタイタンを倒すしかない。

人目に付かない場所まで来てから、空を飛んで一路ニューヨークを目指した。

◇◇◇◇◇◇◇◇

「ジョシュア………追い出すだけで良かったか？　巨人と一緒に戻って来るかもしれんぞ！」

「異常な世界になってから不思議な力に目覚める人間がいると聞いたことがある。あの男も敵とは限らないからな」

悪い人間には見えなかったが、放っておく訳にもいかない………。

ミラー・パークの中に戻ると診療所の責任者スコットに呼び止められた。

「ジョシュア………ちょっといいか？　問題があるんだ」

「問題？　どうしたんだ」

「実は、今治療している患者なんだが………治りが早くて全員快方に向かってるんだ………」

「いいことじゃないか!?　何が問題なんだ？」

「早すぎるんだ！　絶対に治らない外傷を負った者も完治寸前まできている。明らかに異常なんだ!!」

どういうことだ？　なぜ、そんなことに…………!?

「ジョシュア!!」

一人の軍人が慌てて走って来た。

「南から巨人が複数やって来てる！　ここを狙ってるかもしれない!!」

「何!?　最近は巨人の数が減ってたんじゃないのか？」

南だとゴジョーが去っていった方向とは逆方向だな………くそっ!!　どうなってんだ！　次から次に………。

「すぐに防衛体制を取れ！　戦える者はすぐに入口に集まってくれ!!」

ミラー・パークの中は慌ただしくなってきた。中にいる住人達も不安の色を隠せない。

◇◇◇◇◇◇◇

「どうしたんだろう………まさか、巨人が来たんじゃ……？」

「ミシェル！　巨人がこっちに来てるみたいだ。他の人達と一緒に建物の中に入ろう!!」

リアムがミッシェルの手を取り連れて行こうとすると………

「そうだ！　あの人に……ゴジョーさんに頼めば助けてくれるんじゃないかな!?　リアム、ゴジョーさんどこにいるか見かけなかった？」

「それは……」

「どうしたの？」

その日、巨人が扉を破り中の人間を蹂躙《じゅうりん》するのに、それほど時間はかからなかった。

第十八話　タイタン

高速で飛びながらニューヨークへ向かう。これからタイタンと戦う訳だが、もちろん勝算はある。

まず巨人を三体召喚し、相手に突進させ接近戦をさせる。

巨人相手に接近戦をするのは得策ではないからな……接近戦は巨人にまかせ俺は後方から弓で援護する。

相手の体力を少しずつ削っていく作戦だ。

この作戦にはそれなりに自信はあった。巨人も出会ったものの中で最も強いものを〝テイム〟しているし弓術のスキルもだいぶ上がった。

充分通用する……それが俺の考えだった。そう、タイタンに出会うまでは――

「なんだ……アレは!?」

それは〝岩の巨人〟だった……。だがその姿は想像を超えていた。体長は優に三百メートル以上あり、体表からはマグマが噴き出している。

タイタンが歩いた地面は溶岩となり焦土と化していた。

鑑定でステータスを確認する。

巨人タイタン
巨人種
Lv6573
■■■
■■■

「他の巨人と違い過ぎるだろう…………こんなのありか？」

日本の不死の王とも比べものにならない。

俺は三体の巨人を召喚し、タイタンに突撃させた…………だが——

人型の巨人はタイタンにたどり着く前に死んだ。地面は溶岩になっているため、すさまじい温度で足を焦がし、タイタンの体表からは数千度におよぶ熱が放出されているため人型巨人の体は焼き尽くされたようだ。

岩と金属の巨人はタイタンに近づくことはできたが、金属の巨人は体が溶けかかっている。

まともな状態なのは唯一岩の巨人だけだが、体格が違い過ぎて話にならない。タイタンの足元で殴り掛かっているが毛ほどにも感じていない様子だった。

遠距離から弓による攻撃を行う。矢に込める魔法を火・爆発・雷、水と色々試してみるが、まったく効かない。

〝魔道の杖〟を使っての魔法攻撃も試した。そもそも岩型の巨人には水魔法以外は効きにくかったが、このタイタンは全身からマグマが噴出していて高温になっている。通常の水魔法では効果がなかった。

だが岩の巨人である以上〝水魔法〟が弱点であることには変わりないはずだ。

俺は瞬間移動で海沿いまでやって来た。目の前にある海に〝水魔法〟を掛けて操る。

大量の海水は渦潮のように回転しながら上空へ竜巻の如く上へ上へと巻き上がった。

ここからタイタンがいる場所までは十数キロメートルしかない。より規模の大きい〝水魔法〟ならアイツにも効くはずだ。空中に浮かんだ海水は巨大な〝龍〟の形になり、もの凄いスピードで天を駆けた。

並行して飛行しながら、水の龍に魔力を込める。龍は体に雷《いかずち》を纏い、光り輝く黄金の龍となって巨人タイタンのもとへと向かって行く。


「――水雷世界龍《ヨルムンガンド》――!!」


大きさなら負けてないはずだ。これなら………

水龍がタイタンに直撃し、凄まじい水蒸気が舞い上がる。だが、よく見るとタイタンの体に当たる直前に水が蒸発している。

体の表面は一体どれだけ高温なんだ。まったく効いていなかった………この複合魔法でもダメか……タイタンには一切の魔法攻撃が通用しない。

〝重力操作〟で重量を増やせば地面に埋まり動けなくなるかと思ったが、それもダメだ。この重力操作の効果は〝範囲〟に依存する。

比較的、小さな範囲であれば重力は百倍まで出せるが、タイタンほどの巨体全体に能力を発動しようとすると重力で重くできる倍数は数倍にも満たなかった。

対巨人用の〝岩落とし〟も、かなりの高度から落としたがタイタンにあたって砕け散るだけで、ダメージはまったく与えることができない。

「強すぎる………なにもかもが規格外だ！」

この巨人は俺のことを〝敵〟だとも思っていない………相手にすらしていないんだ。うぬぼれていた……力を得たからきっと勝てると思っていた。だが早すぎたんだ………もっと経験を積んでから挑むべきだった。

最強のモンスター………その意味がやっと分かった。

俺は灼熱の焦土を悠然と歩く巨人を尻目に、一時撤退することにした。それはガチャで力を手に入れてから初めての敗北だった。

◇◇◇

俺はタイタンから離れ、目的もなく空を飛んでいた。

どうすれば奴を倒すことができるのか？　あるいは倒すのを諦め、違う国に行くか悩んでいると〝空間探知〟に人間が複数いる気配があった。

大きな自動車工場のような所に、大勢の人が避難しているようだ。近くに降り立ち避難者の様子を見ようと近づいていくと…………。

「避難して来たのか？　めずらしいな……」

大きいシャッターの近くにいた男性に声を掛けられた。どうやらここには軍隊は駐在しておらず主に一般人と警察がいるだけのようだ。

「以前は避難してくる人間もちらほらいたが最近ではめっきり少なくなってきたからな～」

「巨人の活動が活発になってるんですか？」

「それもあるが、もう国民自体が希望を持てなくなってるんじゃないかな……こんな世界になっても最初の頃は強いアメリカなんだから政府がなんとかしてくれると思ってたんだ…………だが何ヶ月たっても状況は変わらない、いやむしろ悪くなってる」

「諦め始めてると？」

「しかたがないよ……人間もどんどん少なくなってるって聞いてるしな……最近じゃミラー・パークにいた避難民が襲われてすごい被害が出たって話だし」

背筋が凍るのを感じた。

「ミラー・パークが⁉　巨人に襲われたのか、いつのこと⁉」

「う～ん……通信妨害がひどいから詳しい時間までは分からないな……この辺りの避難所とは色々な方法で連絡を取り合ってるからなー、詳しく知りたかったら他の奴らに聞いてやろうかー……ってアレ？　消えた⁉」

◇◇◇

俺はミラー・パークに瞬間移動してきた。辺り一面は廃墟と化している……中は血と死体の山になっている。

タイタンに意識が向き過ぎていた。俺が助けた姉弟やここに居た軍人や避難民の安全をもっと考えるべきだったんじゃないか……？　今更ながら後悔が俺を襲った。

口の中に苦いものが広がる。

生き残りがいないか〝千里眼〟と〝空間探知〟を全方位に放った。十キロメートルほど先に人間の反応がある。その場所まで瞬間移動で飛んだ。

◇◇◇◇◇◇◇◇◇

ミシェルは憔悴《しょうすい》していた……涙が枯れるのかと思うほど泣いた。

「リアム…………」

彼女が見下ろす先には動くこともできず、地面に寝たままになっている弟のリアムがいる……顔面は蒼白で全身はボロボロになっていた。応急処置はされているが生きているのが不思議なくらいの重症だ。

「もう長くはないだろう…………」

そう言ったのは一緒に逃げ延びた軍人のジョシュアだった。巨人の襲撃から命からがら逃げ出し、ここにいるのは軍人を含め二百人弱しかいない。

ミラー・パークにいた人間は別々の方向に分かれて逃げたが、ジョシュア達は何とか、ここまで逃げることができた。

「他に逃げ出せた人間がいるかは分からないが…………あの巨人の集団がいる限り逃げ切るのは難しいだろう」

襲って来たのは一体の巨人をリーダーとしたグループだった。巨人が群れを成すのは珍しいことだが統率されている分、人間にとっては最悪だった。

◇◇◇◇◇◇◇

俺達はここから最も近い避難所の公立博物館を目指していた。市民が避難している避難所はなるべく近くに作らないようにしている。もし一つの避難所が襲われても別の避難所に被害が及ばないための措置だ。

ただしこの方法では救助などは望めないため、自分達で別の避難所まで行くしかない。仮にたどり着いたとしても全員が保護してもらえるかは分からない……それぞれの避難所は自分達が生きていくだけで精一杯だからな。

「ジョシュアさん、後どれくらいで着きますか？」

ミシェルが不安そうに聞いてきた。弟を助けたいんだろう。だが今、動くのは危険だ。巨人達は夜になると活動が低下する。できるだけ日が暮れてから移動したいが……。

ガラッ……。

岩が落ちる音にふり返る。半壊したビルの上に、三メートルほどの巨人がいる。巨人はけたたましい叫び声を上げた。

「GYEEEEEEEEーーーーーーー」

「まずい！　斥候だ!!」

見つかった。

第十九話　巨人VS巨人

怪我人もいる中、必死で逃げた…………だが集まり出した巨人に一人、また一人と仲間が巨人に捕まり殺されていく。ライフルで応戦しても巨人にはほとんど効かない!!　そして俺の視界にあの巨人が映った。

一際デカイ鉄の巨人だ‼　鈍い銀の体が輝き、巨躯を自慢するかのように緩慢《かんまん》に歩き咆哮する。

「WOOOOOーーーーーー」

「どうする⁉　ジョシュア‼」

「一番デカイのが回り込んで来てるぞ‼」

悩んでる場合じゃない‼　一人でも多くの人間を生かさないと！

「何人かのグループに分かれてバラバラに逃げよう‼　生存の確率が少しでも高くなるかもしれない‼」

俺の指示を受けて数名の軍人は十～三十人を連れてバラバラに避難しようとした！　しかし気付けば何十体もの小型の巨人に周りを包囲されている。

ゆっくりと金属の大型巨人が近づいてくる。

絶望が辺りを覆っていた。そして俺もまた………。

迫り来る小型の巨人達から逃げることも銃を向ける力も、もう無かった……仲間がうつむきかけたその瞬間《とき》。

刹那の光と轟音――

三体の小型の巨人が爆発に巻き込まれ吹き飛んでいく……何が起きたのか分からなかったが俺の前に一人の男が突然現れた。

◇◇◇◇◇◇◇◇

ジョシュアや助けた姉弟を見つけることはできたが、弟はヒドイ状態だ。

「大丈夫か？　今、助けるからちょっと待ってろ！」

「ゴジョーさん……!?」

俺は巨人の方を振り返り召喚の魔法陣を展開した。まずコイツ等を排除するのが先だな。

「来い！　巨人ども!!」

五体の巨人を召喚し、ジョシュア達を襲っていた巨人と対峙させる。

突然現れた巨人達に驚いたのか軍人の何人かが、俺や召喚した巨人に向かって発砲してきた。

「危ない!!　俺達は敵じゃないから」

巨人達には普通の銃弾なんて効かないし、俺の周りにも〝結界防御〟が発動したので弾は一発も当たらなかった。

ジョシュアが必死で止めて、何とか落ち着かせているようだ。そりゃ突然こんなデカイ怪物が現れたらビックリするよな。

俺は召喚した巨人達を敵の巨人に突撃させる。向こうは大きな巨人一体を中心とした数十体ほどの集団だった。

俺の召喚した三体の二十メートル級の巨人が、取り巻きの巨人を蹴散らしながら一番大きい巨人に迫ってゆく。

召喚した残り二体の十メートル級の巨人も小型の巨人に殴り掛かる。

俺が弓矢で援護し、相手の数を減らしていった！　思い描いていた対タイタン戦略がここに来て功を奏している……皮肉な話だ。

もっとも大きな巨人、三十メートル以上はあるだろうか…………今まで見た中では最も大きい金属の巨人だった。この一際デカイ巨人を鑑定すると――

巨人ギガス
巨人種
Lv１９２３
ＨＰ　２４２３８
ＭＰ　４０２
筋力　３７２３４
防御　２０９６３
魔防　２２０５７
俊敏　１８２
器用　４２

知力　43
幸運　61

【スキル】
　自己再生（Ⅴ）
　筋力増強（Ⅲ）
　物理耐性（Ⅱ）
　魔法耐性（Ⅳ）
　威圧（Ⅰ）

名前付きの巨人なのか⁉　タイタン以外では初めてだな………だがタイタンを見た後だと小物にしか見えない。

「行け！　押さえつけろ‼」

三体の巨人が三十メートル級の巨人に殴り掛かっていった。

◇◇◇◇◇◇◇◇

その光景に俺は唖然としていた。目の前の男………数日前に姉弟と共に避難してきた。だが俺に迫い出され去っていった男だ………。

その男が戻って来て俺達を助けてくれている…………なぜだ？

何よりも突然現れた巨人が、同じ巨人と戦っている。男自体も弓で巨人を攻撃しているが巨人に当たる度に爆発し、燃え上がっている。理解できない現実に言葉を失っていた。

◇◇◇◇◇◇◇◇

三体の巨人が三十メートルの巨人に掴みかかる！　だが、殴り飛ばされなかなか抑えきれない。体長は一．五倍ほどの違いしかないが力は何倍も違うみたいだ。

俺は魔力を込めた弓を引き絞り相手に狙いを定める………金属の巨人の弱点は分かっている。


「轟雷‼」


矢が相手に当たった瞬間、ものすごい稲妻が走る。三十メートルの巨人はもんどりうって倒れた。

矢に込める魔法は通常撃ちだすものより威力こそ落ちるが、矢のダメージがプラスされることと連射できることを考えれば、かなり強力な攻撃手段だ！

金属の巨人は〝火〟と〝雷〟が弱点だ。俺はこの二つの魔法を合わせた複合魔法で追い打ちをかける。

「くらえ！　雷炎!!」

三連射で放たれた矢は巨人に当たり、眩い光に包まれた後、巨人は炎にまかれ絶叫した。

「GYAAAAAーーーーーー」

三体の巨人に〝強化魔法〟を掛けて硬度を上げた。このことで巨人の攻撃力や防御力が上がり徐々に大型の巨人を追い詰めていく………。そして――

「テイム!!」

動かなくなった大型の巨人は光の粒子になって消えていき、テイマーのリストに追加された。

テイム成功だ！

◇◇◇

今の戦闘で二枚目の〝弓使い〟の職業ボードがカンストした。

弓使い　Lv99

【職業スキル】
弓術　Rank D → Rank B

獲得〝スキル〟　千里眼（Ⅰ）×2

俺はジョシュア達の所に向かった。ミシェルに抱きかかえられているリアムの前で膝をついて様子を見る。瀕死の重傷だ……このままでは死んでしまう。

「また、助けてもらいましたね…………弟はもう助からないかもしれないけど」

悲しい表情で弟を見ているミシェルを横目に俺は弟の手を握った。内臓がひどく損傷しているようだ。


「〝完全なる治癒《パーフェクト・ヒール》〟」


リアムの体が光に包まれる。ミシェルやジョシュア達が驚愕の表情を浮かべた。蒼白だった顔に血の気が戻り、体のいたる所にある傷が治っていく。

ミシェルは傷が無くなった弟を抱きかかえながら言葉を失っていた。

「何だコレは、どうして傷が治ったんだ!?」

ジョシュアが困惑したように叫んだ。周りにいた軍人も信じられない様子でこちらを見ている。〝厄災の日〟以来、世界各地で特殊な力に目覚め魔法や異能を使う人間は少しずつ確認されているらしいが、実際に見るのは初めてだろう。

◇◇◇◇◇◇◇◇

「う……うう……」

「リアム！」

「どうして…………体が…………!?」

リアムが自分の体を見渡して、怪我が治っていることに違和感を覚えながらミシェルの顔を不思議そうに見上げた。

「ゴジョーさんが助けてくれたの、あなたの体も治してくれたのよ!!」

リアムが振り返ると、そこには巨人を操り自分達を助けてくれた人が立っている。なによりリアム自身が追い出した人物だ。

困惑した表情でリアムは話しかる。

「どうして助けてくれたんですか？　僕は…………あなたを…………」

リアムの言葉はそこで途切れた……その後に続く言葉が見つからない。

「別に、たいしたことはしてない。困ってる人がいるなら、自分のできる範囲で助ける。それだけだよ、何も気にする必要はない」

◇◇◇◇◇◇◇◇

横からジョシュアが会話に入って来た。

「な、なあ！　あんたを追い出したのは俺だ。そのことは謝る！　この辺りはまだ巨人も多い、俺達と一緒にいてくれないか？　あんたの力が必要なんだ、頼む!!」

「それはできない」

俺の言葉を聞いてジョシュアは絶望した表情を見せた。

「勘違いしないでくれ、別に見捨てようって訳じゃない。この辺りの巨人は狩りつくすつもりだ。それが終わったらタイタンを倒しに行く！　だから一緒には居られないんだ」

「タイタン？」

こいつ本気か？　みたいな顔をされたが俺は至って本気だ。もう迷いは無い。タイタンを倒すには力をつけるしかない！　それには――

俺は怪我人を一通り治して、近くの避難所まで送っていった。一緒にいてほしいと言うジョシュアの頼みは断って目の前で空中に浮きあがり、そのまま飛び去る。残された人達は全員信じられないという表情をして口が開いたままになっているが、気にしている場合じゃない。ここから先はレベリング！　ひたすらレベリングだ!!

俺は亜空間から職業ボードを取り出した。

「今、使うことができるSSRの職業ボードはこれだけだ…………こいつに運命を託すしかない！」

俺の手の中にあるのは〝錬金術師〟の職業ボードだった。

錬金術師の職業ボードが使えるようになった切っ掛けは恐らく賢者と鍛冶職人がカンストしたからだろう。

俺はその後、百体以上の巨人を葬ったが、SSRの錬金術師はなかなかレベルが上がらなかった。

やはり上位職業のレベリングは時間がかかるな。

錬金術師の職業スキルは予想通り〝錬金術〟だった。

「まあ、そりゃそうだろうな………ランクが低いうちは特に何もできないみたいだ」

その後、三日をかけて延べ千体以上の巨人を倒した………そしてついに、

錬金術師　Lv99

【職業スキル】
魔術　Rank SSS　称号〝魔術王〟
回復術　Rank SS
複合魔術　Rank B
マッピング　Rank C

魔道図書　Ｒａｎｋ　Ｄ
剣術　Ｒａｎｋ　Ｃ
武術　Ｒａｎｋ　Ｄ
生成術　Ｒａｎｋ　Ｃ
解体　Ｒａｎｋ　Ｃ
強奪　Ｒａｎｋ　Ｄ
弓術　Ｒａｎｋ　Ｂ
テイム　Ｒａｎｋ　ＳＳＳ　称号〝魔を統べる者〟
錬金術　Ｒａｎｋ　Ｆ　↓　Ｒａｎｋ　Ｄ

獲得〝スキル〟　加護（Ⅰ）×２

ステータスの伸びはＭＰを除き、合計で５００ほど上がっている。今までの職業では最も高い。獲得できるスキルは〝加護〟か…………戦闘職ではないのが、よく分かるな。

俺はさっそくランクの上がった〝錬金術〟を試してみることにした。

「まずはコレから………」

俺は青黒い異形の大地の前にいた。日本にもあった異世界の大地だ。日本では確か〝魔鉱石〟と呼ばれていたな。

ここから金属を取り出し精製した物が〝魔鋼鉄〟。つまりミスリルのことだ。

〝錬金術〟は物質に変化を起こす技だが、何にでも変えられる訳ではない。

特定の物質から、それに近い物質に変化させることができる。例えば〝魔鉱石〟から〝魔鋼鉄〟への変化などだ。


「土魔法・岩石操作！」


青黒い大地がガタガタと音を立てて形を変えていく。なるべく大きく丸くすることをイメージしながら少しずつ形を作っていく。

直径十メートルほどの青黒い岩の塊ができ上がる。いままで使っていた巨人用の岩より二回りほどデカイものだ。その岩に向かって手をかざす。

「錬金!!」

岩の下に巨大な魔法陣が現れる。魔法陣から光が溢れ青黒い岩を包み込む……光が収まった時、鈍く光る銀色の岩が現れる。さっそく鑑定してみると——

ミスリル（低純度）

成功だ……低純度とは言え〝ミスリル〟を作り出せるのは大きい！

その後も色々試したが成功する場合もあれば失敗する場合もあった。やっぱり成功率があるようだ……まだDランクなどで成功率は二〇%ぐらいだが、運の値がものすごく高いのでDランクにしては、かなり高い成功率を叩きだしていると思う。

一回でもかなりの魔力を消費するようだが、〝無限魔力〟がある俺には関係ない。

タイタンを倒すための〝最強の武器〟はこれで手に入ったはずだ。待ってろよタイタン、今からお前を倒しに行く!!

第二十話　神を穿つ

タイタンのいるニューヨークには一度行っているので瞬間移動で行くことができる。だがその前にやることがある。

もしタイタンを倒せば莫大な経験値が入って来るだろう。その経験値が無駄にならないようにするには最上級の職業ボードを使う必要がある。そう考えて亜空間から一枚の職業ボードを取り出した。

〝大賢者〟……錬金術師をカンストしたことで使用が可能となった。そのことからも錬金術師よりも上位の職業ではないかと考えている。

万が一、タイタンを倒せなかった時は、この職業をレベリングしてまたタイタンに挑む！　やるべきことは全部やった、俺は瞬間移動するため空間を開いた。

高濃度の魔素が立ち込めるせいか昼間だというのに厚い雲に覆われ薄暗い中、タイタンから流れ出るマグマが不気味に光を放っている。

その巨人は悠然と大地に立ち、眼下に広がる荒廃した世界を見下ろしている。

タイタンは確かギリシャ神話に出て来た神の名前だ。巨大な体を持ち神々の大戦においてゼウスと戦い最終的には地獄のタルタロスに幽閉されたんじゃなかったっけ……。

目の前のこの巨人が神だと言われても信じてしまうだろう。それくらいの迫力だ！

俺はタイタンの前に降り立った………以前とは違い巨人は俺を〝敵〟と認識したらしい、静かに、だが確実に殺気を放っている。

「決着を付けよう！　タイタン!!」

タイタンは溶岩が流れる足元に、ゆっくりと手を突っ込んだ…………そこから何かを引き抜くように力を込め大地を引きちぎるような音を立てながら上に持ち上げた。

手に携えていたのは百メートル近くあるんじゃないかと思う巨大な〝斧〟だった。俺はその斧を〝鑑定〟で確認する。


【破滅の大斧】

その一撃で山をも粉砕する言われる神話級の武具。

「……俺に当てられるかな？」

タイタンが高々と掲げた斧を振り下ろす。その瞬間――

大地が爆発するかのごとく吹き飛び、融解しマグマとなった地面が辺り一面に飛び散った。当たればどんな者でも一撃で殺せるだろう。

もっとも俺は瞬間移動で躱《かわ》していたが、本気で俺を殺しに来たことに喜びすら感じていた。

「次は俺の番だな！」

俺は瞬間移動で大気圏ギリギリの所まで移動した。これ以上行くと宇宙空間になってしまう。今は風魔法で大気の層を作り体を守っているが、宇宙まで行ってしまうと、さすがに危ないだろう……ここがギリギリだな。

亜空間からミスリルで作った巨大な〝玉〟を取り出した。事前に強化魔法を掛け、硬度を大幅に上げている。

岩ではダメだったが、ミスリルならタイタンにダメージを与えることができるだろう。

ここは丁度タイタンの真上の位置だ。玉はゆっくりと重力に従い落ちていく、俺も後を追いかけるように地上に向かって飛行する。

本来ならミスリルの玉は空気抵抗を受けながら落下するはずだが、風魔法を使って極限まで玉の軌道上の空気の気圧を下げる。これによって玉は最大限に加速していく。

さらに玉に対して重力操作をおこない、重力を百倍まで上げた。

タイタンに対して重力操作を掛けるのは難しくても、この玉ぐらいの大きさなら充分な重力を掛けることができる。

空を覆う雲を突き抜け、音を置き去りにしてミスリルの玉が落下していく。上からの攻撃に気付いたタイタンは迎撃のため大斧を持った右手を振り上げた。

これが今の俺にできる最高の攻撃――


「――隕石極大衝撃波《メテオ・インパクト》――!!」


衝突した瞬間、とてつもない爆発と衝撃波が辺りを飲み込んだ。

それは核が爆発したかのような、すさまじい光と爆炎……俺は衝突する刹那、十キロほど離れた地点に瞬間移動していた。

◇◇◇◇◇◇◇

「何だ！　この揺れは」

地震というよりも爆発のような衝撃だ。

「大丈夫かミシェル、リアム！」

今は避難してきた博物館でかくまってもらい、取りあえず休むための場所を確保して、みんなで寄り添っている状態だ。

姉弟はしゃがみ込み、二人で震えているようだった。無理もない、軍人である俺達もこんな衝撃は初めてだからな。

まさかゴジョー……お前、本当に――

「タイタンと戦っているのか……？」

◇◇◇◇◇◇◇

見据える先には舞い上がった砂塵と煙により、タイタンの姿は見えない………あの爆発の中で無傷とは思えないが。

やがて砂塵が収まり始めたとき………巨大な人影が現れる。

右手を失い、全身にも多大なダメージを受けているようだが、悠然と立っているタイタン………こいつは本当に倒せるんだろうか？

しかし――

その巨人はゆっくりと膝を折り、轟音と共に大地に伏《ふ》した。

かつて受けた七発の核爆弾より遥かに強力な攻撃を受けて、恐らくは初めて敵の前で膝を屈した巨人は、それでも十キロ先にいる俺に強い敵意を向けて来る。

「お前の弱点は図体がデカすぎることだ!!」

俺は瞬間移動で宇宙空間近くまで移動した。当然用意したミスリルの玉は一発ではない。タイタンを倒すために計四つのミスリルの玉を作り出していた。

タイタンを倒すため何回でも打ち出すつもりだ。

再び落下するミスリルの玉と共に移動した。もっと正確にピンポイントで当てなければタイタンは倒せないだろう。

俺は〝風魔法〟で作り出す大気のトンネルを、より明確にイメージした。

大気圧の差により玉の軌道を微妙に調節する。狙うのは大地に伏せているタイタンの背中だ!!

超高速の隕石を四つん這いの格好になっている巨人に叩きつける!!

耐えられるなら耐えてみろ！！！

「――隕石極大衝撃波《メテオ・インパクト》――!!」

タイタンの丁度背中の真ん中に、ぶち当たる！　瞬間――悲鳴とも怒声とも聞こえるような爆音を上げてタイタンの体を粉砕し、すさまじい爆発と共に砂煙が辺りを飲み込む。

「テイム！」

地面に巨大な魔法陣が展開され、光の柱が天高く立ち上がる。俺は手に出現した光のボードに目を移した。テイムが成功していればこの〝リスト〟にタイタンの名前が表示される。

テイムの職業ランクは最高の〝ＳＳＳ〟になっているし、運の値も〝加護〟や〝女神の加護〟のスキルで爆上げされている。テイムの成功率は限りなく百％に近づいているはずだが——

離れた場所に移動した俺の体に大量の経験値が流れ込んでくる。

空高くまで立ち上った砂塵を見ながら、どっと疲れが出て、その場に座りこんだ。

「終わった……とうとうやったぞ」

俺は大地に寝そべり、大の字になって達成感を感じていた。


手の中にあるリストにタイタンの名前が表示されていた……テイム成功だ!!

◇◇◇◇◇◇◇

タイタン消滅……その事実はゆっくりと、しかし確実に世界に伝わっていった。

アメリカ・国防総省ペンタゴン——。

巨人の襲撃で地上の施設はほとんど壊滅してしまったが、生き残った人々は地下のシェルターに逃げ延び、巨人に対抗するための準備を整えていた。

彼等が最も重要視していたのがタイタンの監視である。タイタンがどこに移動するかをアメリカ各地に点在する軍の生き残りや避難所に、あらゆる手段で情報を送っていた。

タイタンの移動した場所は〝魔素〟が強くなり、大小の巨人達の出現率が上がっていくからだ。

そんな彼等の元に信じられない情報が持ち込まれる。

「……それは本当なのか？　間違いないんだな⁉」

タイタンの消滅、それはまさに青天の霹靂《へきれき》だった。二度、何かが爆発したような振動を感知していたが、その直後からタイタンを確認できないという。

この情報は直ちに各地の避難所に伝達された。情報を受け取った人々の大多数は半信半疑だった。まったく信じなかった者もいたが、今までのタイタンの脅威を考えれば当然のことだろう。

そんな中、唯一彼等だけは違った受け止め方をしていた。

◇◇◇◇◇◇◇

「タイタンが…………消えた⁉」

「まさか……」

ジョシュアが他の軍人と顔を見合わせる。この情報を受け取った多くの者はなぜタイタンが消滅したのか、その理由がまったく分からなかっただろう、だが彼らには心当たりがあった。

「ゴジョー……あの人か？　巨人を操って俺達を助けてくれた」

「それしか考えられないだろう」

「二回あった地震も何か関係があるのかな？　地震も、タイタンが消えたこともゴジョーがやったって言うのか？」

近くで軍人の手伝いをしていたリアムが驚いたように会話に入ってきた。

「それ本当なの⁉」

◇◇◇◇◇◇◇◇

ジョシュア達の会話を聞いて僕はミシェルの元に急いで走り出した。

このことを早く伝えたかったからだ！　僕は命を救ってくれた彼に勝手に嫉妬して、嫌って避難所から追い出した。

なのに！　また助けてくれた上、僕の怪我まで治してくれた。

まだちゃんとお礼も言えていない。次にもし会えたなら……その時は――

「ミシェル！！！」

避難民の女性達と一緒に洗濯物を干していたミシェルが、笑顔でこちらに振り返った。

「どうしたの？　リアム」

「タイタンが消えたって……今ジョシュア達が言ってるのを聞いたんだ」

その場にいた誰もが僕の言っていることをすぐには理解できなかったみたいだ。

「まさか……ゴジョーさんが⁉　……そうなの？」

「きっとそうだよ！　あの人がやってくれたんだ‼」

ミシェルは僕のことをやさしく抱きしめてくれた。そして声を出して泣き始めた。僕も一緒に泣いた……大声で泣いた！　周りにいた人達は驚いてこちらを見ているようだったけど、そんなこと関係ない。

嬉しくて、ただ嬉しくて泣きつづけた。

この日、アメリカで生き残った全ての人々は〝厄災の日〟以来、初めて希望を胸に抱くことができた。

◇◇◇◇◇◇◇◇

日本——岐阜基地。

清水が満面の笑みで俺の所に来た、何が言いたいのかは分かっている。

「聞いたか？　坂木！」

「ああ、聞いたさ……やったんだな！」

「五条さんがホントにやっちまったな！　まあ俺はできると思ってたけどな」

この話題は自衛隊の中でも広がり色々な憶測も飛び交ったが、やはり〝爆炎の魔術師〟が倒したのではないかと噂する者が多かった。

◇◇◇◇◇◇◇◇

大阪——首相官邸。

「以上が防衛省から上がってきたアメリカに関する情報です」

「そうか……これでアメリカは救われたな。あの国は強いから、ここから再建していくだろう」

事務次官からの報告を受け、私は執務室の椅子に腰を掛けた。それにしても日本に続いてアメリカまで救ってしまうとは……彼に感謝すると共に、強い畏怖も感じる……。

彼がこれからどこに向かうのか……それがこの世界の運命を決定づける。そんな気がしていた。

◇◇◇◇◇◇◇◇

中国・ロシア・ヨーロッパとゆっくりとではあるが情報が拡散していく。

なぜタイタンが消滅したのかが話題となり、様々な憶測や噂が流れたが真相にたどり着くものはいなかった。

しかし、やがて世界が気付き始めることになる。たった一人の男が起こした奇跡に——

◇◇◇◇◇◇◇◇

しばらく寝ころんだ後、俺はステータスを確認した。

「やっぱりカンストしてるな………」

大賢者のレベルが99まで上がっている。あれほどの魔物を倒したんだから当然と言えば当然だ。

職業スキルは……。

大賢者　Lv99

【職業スキル】
魔術　Rank　SSS　称号〝魔術王〟
回復術　Rank　SS
複合魔術　Rank　B
マッピング　Rank　C
魔道図書　Rank　D
剣術　Rank　C
武術　Rank　D
生成術　Rank　C
解体　Rank　C
強奪　Rank　D
弓術　Rank　B

テイム　Ｒａｎｋ　ＳＳＳ　称号〝魔を統べる者〟
錬金術　Ｒａｎｋ　Ｄ
アーカイブ　Ｒａｎｋ　Ｆ　↓　Ｒａｎｋ　Ｄ

獲得〝スキル〟　演算加速（Ⅰ）×２　魔力強化（Ⅰ）×１

ステータスの数値の合計は５００ほど上がってるみたいだな。スキルは〝演算加速〟と〝魔力強化〟か……まあ予想通りかな。問題は……。

この職業スキル、〝アーカイブ〟と言うのがよく分からない。自分の両手を開いて〝アーカイブ〟と念じてみる。

これで何もなかったらお手上げだ。他にどうしていいか分からないからな。そんなことを考えていると開いた両手の前に光のボードが現れた。

テイムの時に現れたリストボードより格段に大きい。

ボードに映し出されていたのは世界地図だ。各地に何か書いてあるが……よく見ると、

カナダ　Ｒａｎｋ　Ｂ　アメリカ　Ｒａｎｋ　Ｓ
ボリビア　Ｒａｎｋ　Ｃ　グリーンランド　Ｒａｎｋ　Ｄ
ロシア　Ｒａｎｋ　Ａ　中国　Ｒａｎｋ　Ａ

日本　Rank B　インド　Rank C
ジョージア　Rank D　フランス　Rank A
イギリス　Rank S　リビア　Rank D
アンゴラ　Rank C　オーストラリア　Rank B
南極大陸　Rank ■■■

国名とランクが書かれている。一部の国は灰色がかった薄い表示になっていた。アメリカと日本が灰色表示、俺が魔物を倒した所だ。それにジョージアも、確かジョージアもボスモンスターが討伐されていたはず、だとしたらこれは——

「魔物の分布図だ！　それも強さ………難易度みたいなものをランクで表してあるんじゃないか？」

アメリカとイギリスのランクは〝S〟になってる……この二国は最強のモンスターがいると言われていた。たぶん間違いないだろう。

この大賢者の職業スキル〝アーカイブ〟は狂った世界の情報を少しずつ開示するものなんじゃないかな？

さらに気付いたのはアンゴラも灰色表記になっている。アンゴラはアフリカか………誰かがボスモンスターを倒したってことか？　……それに南極の情報が非開示になってるな。

とりあえず、次にどの国を攻略するのか、その参考になるだろう。一旦日本に戻って考えることにしようか、そう思った時あることを思い出した。

そう言えば〝不死の王〟を倒した時、近くに〝魔核〟が落ちてたな。今回は前と違って〝テイム〟したから何も無いかもしれないが…………。

タイタンを倒し、巨大なクレーターになっている場所に近づいていくと何かあるのが分かった。

「やっぱりあったな！」

落ちていた〝魔核〟を拾い上げ、鑑定してみると――

【業魔《ごうま》の鎧《よろい》】　ＳＳＲ

あらゆる魔法攻撃を阻害する。

おお…………これがあったせいで俺の魔法が効かなかったのか。

鑑定で確認すると、魔法防御の数値を五倍まで引き上げるみたいだ。

ウェットテッシュでよく拭いてから、さっそく食べてみる。【固有スキル】と【テイム】を確認すると…………。

【固有スキル】

時空間操作　全状態異常耐性　神眼

無限魔力　結界防御　不老不死

重力操作　超回復　業魔の鎧

女神の加護　剛力無双

【テイム】

岩の巨人　タイタン　SSS
金属の巨人　ギガス　A
金属の巨人（中位）　B
岩の巨人（中位）　B
人型の巨人（中位）　B
人型の巨人（低位）　C
岩の巨人（低位）　C
人型の巨人（低位）　C
人型の巨人（低位）　C

ちゃんと〝業魔の鎧〟も反映されてるし、多くの巨人もテイムできたな。

これでアメリカでの旅は終わりだ。まさかタイタンがあんなに強いとは………今回は勝つことができたが、討伐する国や魔物は慎重に選ばないといけないな。

いくらスキルがあるとはいえ死ぬこともありえるだろう……。

俺はどこまでも続く荒廃した大地を見ながら、次の戦いに備えて瞬間移動で日本に帰った。

《了》

Status of Hero

Name 五条将門／Job 大賢者／LV 99

HP	1638／1638	【固有スキル】	
MP	∞／∞	時空間操作	不老不死
筋力	3861	無限魔力	業魔の鎧
防御	1924	重力操作	
魔防	7125	女神の加護	
俊敏	1904	全状態異常耐性	
器用	1483	結界防御	
知力	2176	超回復	
幸運	92690	剛力無双	
		神眼	

【魔法】

風魔法	（XⅧ）
火魔法	（XⅦ）
土魔法	（XⅨ）
水魔法	（XⅧ）
雷魔法	（XⅦ）
光魔法	（Ⅶ）
闇魔法	（Ⅸ）
召喚魔法	（XXX）
強化魔法	（Ⅷ）
回復魔法	（XⅨ）

【スキル】

鑑定	（X）	隠密	（XⅡ）
空間探知	（XⅣ）	俊敏	（XⅡ）
筋力増強	（XⅢ）	精密補正	（XⅠ）
千里眼	（X）	威圧	（Ⅷ）
魔力強化	（Ⅷ）	演算加速	（X）
寒熱耐性	（Ⅸ）	念話	（X）
物理耐性	（Ⅷ）	敵意感知	（XⅠ）
魔法耐性	（X）	模倣	（Ⅷ）
魔法適性	（XⅣ）	精神防御	（Ⅶ）
成長加速	（XⅠ）	加護	（XⅠ）

【職業スキル】

魔術	Rank SSS	称号“魔術王”
回復術	Rank SS	
複合魔術	Rank B	
マッピング	Rank C	
魔道図書	Rank D	
剣術	Rank C	
武術	Rank D	
生成術	Rank C	
解体	Rank C	
強奪	Rank D	
弓術	Rank B	
テイム	Rank SSS	称号”魔を統べる者”
錬金術	Rank D	
アーカイブ	Rank D	

【テイム】

岩の巨人	タイタン	SSS
金属の巨人	ギガス	A
金属の巨人	（中位）	B
岩の巨人	（中位）	B
人型の巨人	（中位）	B
人型の巨人	（低位）	C
岩の巨人	（低位）	C
人型の巨人	（低位）	C
人型の巨人	（低位）	C

【アイテム】

ミスリルの弓
魔道の杖
ミスリルの玉 ×2

あとがき

本書を手に取っていただきありがとうございます。作者のＡＲＡＴＡです。

この小説は、「小説家になろう」というＷＥＢサイトに初めて投稿した作品です。

もともとＷＥＢ小説を読むのが好きで、色々な作品を読んでいたのですが、そのうち自分でも書けるんじゃないかと良からぬ事を思い始めてしまい……。

軽い気持ちで去年の12月1日に初投稿しました。

投稿しても、なかなか読んで貰えないと聞いていたので、もし一人でも読んでくれる人がいたら最後まで頑張って書こうと決めていました。

しかし予想とは裏腹に見てくれる人がどんどん増えていき、4日後の12月5日には総合日間ランキングで1位になっていました。

なぜ、こんなに見てくれる人が増えたんだろうと不思議に思っていると、初投稿から10日後の12月11日に出版社様から書籍化の打診を受けました。

ＷＥＢサイトのことを詳しく知らなかったため、こんな事があるんだろうか？　と驚いたのを覚えています。

そして、その時、書籍化の打診をして下さったのが今、皆様が手に取っておられる本の出版社、一二三書房様です。

このような機会を与えて下さり本当に感謝しております。

そして、少しお恥ずかしい話をします。

私は本当に小説を書いたことが無かったため、ちゃんと書かなければと思い至り。

書籍化が決まった後に本屋さんで初心者用の〝小説の書き方〟に関する本を買って勉強し始めました。

プロの作家さんが聞いたら怒りそうですが……。

そんな、どうしようもなかった私ですがＷＥＢ投稿時には読者の方から文章の書き方や誤字脱字がある事などを教えてもらい、本にする際にはプロの編集者の方にご指摘頂いて何とか作品と呼べるものを書けたのではないかと思っています。

ここからは謝辞へ

担当の編集者様、イラストを担当して下さったためばる先生、ＷＥＢ版からの読者の方々、本当にありがとうございます。

皆様のおかげで、この本は形となって世に出ることができました。

そしてこの本を手に取って下さった皆様に心からの感謝を申し上げます。

ＡＲＡＴＡ

現実世界に現れたガチャに給料全部つぎ込んだら引くほど無双に

発　行
2020年7月15日　初版第一刷発行

著　者
ARATA

発行人
長谷川　洋

発行・発売
株式会社一二三書房
〒101-0003　東京都千代田区一ツ橋2-4-3 光文恒産ビル
03-3265-1881

デザイン
erika

印　刷
中央精版印刷株式会社

作品の感想、ファンレターをお待ちしております。
〒101-0003　東京都千代田区一ツ橋2-4-3 光文恒産ビル
株式会社一二三書房
ARATA先生／めばる先生

Printed in japan, ISBN 978-4-89199-637-6

※本書は小説投稿サイト「小説家になろう」（http://syosetu.com/）に
掲載された作品を加筆修正し書籍化したものです。